悪妻なので離縁を所望したけど、旦那様が離してくれません。

登場人物
紹介
アルフレード・
クロイツ
若き公爵で、ロレッタの夫。
事件後、急にロレッタを
構うようになる。
ロレッタ・
クロイツ
毒殺されそうになって
前世を思い出した公爵夫人。
離縁を所望しているが
拒否されている。

ディルク
ルビウス侯爵の
忠実な従者。
ルビウス侯爵
ロレッタの父。
娘の願いを聞き入れ、
アルフレードと結婚させた。
シンシア
クロイツ公爵家のメイド。
気が弱い。
アディル・
ロアール
ロレッタの元カレ。
ロレッタに未練が
あるようで……?
エリス・
シャムロック
クロイツ公爵家に
滞在している男爵令嬢。
アルフレードの幼馴染み。

目次

悪妻なので離縁を所望したけど、旦那様が離してくれません。

お茶のカップが手からすべり落ち、ガチャンと音を立てた。

「キャアァァーー!?　お、奥様っ、奥様が……っ!!」

お茶を持ってきたメイドが、慌てて叫びながら部屋を飛び出していく足音が響いた。

その日、クロイツ公爵夫人であるロレッタは毒に侵されて倒れた。


――結婚したのは、一ヶ月前。

アスウェル王国の王都。

ルビアス侯爵令嬢だったロレッタ十九歳。深紅の瞳に毛先を巻いたローズレッドの長い髪が印象的な美人だ。高慢で高飛車な彼女は、男を取っかえ引っかえする悪女と呼ばれていた。事実、今までの恋人は一人ではない。それが結婚してからは、夫も顧みない悪妻へと昇格した。

夫は、アルフレード・クロイツ公爵。二十一歳の彼は、銀髪に珍しい黒い瞳。目にかかるほどの前髪から覗《のぞ》かせる黒い瞳は、他者を威圧するような鋭いものだ。若い頃に外交のために父親と他国に行き、父親が早逝したために二十一歳の若さで公爵位を継いだ。今は、アスウェル王国の王宮騎士団にも勤めている。

ロレッタが密かに想いを寄せていた男性だった。

でも、彼には幼い頃から婚約者になると言われていたエリス・シャムロック男爵令嬢がいた。にもかかわらず、ルビアス侯爵令嬢だったロレッタが父親に結婚を頼み、なかば無理やり結婚にこぎつけた。

アルフレードは、意に添わぬ結婚だったのだろう。

彼との結婚がすぐに決まり、あっという間に結婚式を行った。多くの令息から求婚されていたロレッタは、すぐに結婚が決まったことで、アルフレードも自分との結婚を喜んでくれるものだと思い込んでいた。それなのに、彼は一度も笑いかけることなく、冷ややかな黒い瞳をロレッタに向けていた。

祝福する参列者が並ぶ王都の聖堂での結婚式は、ロレッタもアルフレードもお互いに笑い合うことなく、二人だけが冷めていた。

アルフレードは、ロレッタとの結婚に乗り気ではなかったのだろう。

腹立たしい結婚式だった。ロレッタの望んだ結婚式のはずだったのに、笑顔さえ作れなかった。

健気さもないロレッタ。結婚式の夜には、主寝室の続き部屋の前で扉も開けずに「疲れたから、今夜は結構です!!」と腹立たしい感情のままに初夜すら断った。

それでも来てくれるものだと期待した。だけど、彼は「そうか……」とだけ言って、お互いに扉を開けることはなかった。

そうして、結婚して一ヶ月が過ぎた。

夫婦でありながら、会話らしい会話もなかった。夫婦とは名ばかりの結婚。

周りからは跡継ぎはまだかと噂されていると、父親のルビアス侯爵から聞かされた。

つまり、結婚してたった一ヶ月で不仲だと噂が立っていたのだ。

事実、夫のアルフレードは、ロレッタに閨《ねや》を求めなかった。

結婚して一ヶ月も経たない時に、彼の幼馴染《おさななじ》みであるエリス・シャムロック男爵令嬢が、王都に住むロレッタたちのクロイツ公爵邸に滞在することになった。理由は城で行儀見習いをするため。城へと通うために、滞在させてほしいというものだったが、一夫多妻制もあるこの国では、裕福な貴族なら第二夫人をとることはある。そう思えば、本音はアルフレードとの結婚を求めてだろうと察せられた。

本当なら、アルフレードの幼馴染《おさななじ》みであるエリスと彼が結婚することになったのだろうから……次から次へと男を取っかえ引っかえしていたロレッタ。アルフレードとエリスを引き離してしまったから罰が当たったのだろうかとさえ思うほど、ロレッタは内心では弱気を潜ませていた。誰にも知られることなどなく。

だからといって、殺されそうになる謂れはない。毒殺未遂は事件で――

ぼんやりとした頭で思い出していると、瞼《まぶた》が少しだけ開いた。

ロレッタは、確かに悪妻だろう。でも、理由もなく誰かを殺そうなどとは思わないし、結婚してから不貞行為などもなかった。ただ、夫のアルフレードの心が開くのを待っていたのだ。そんなロレッタを可哀想《かわいそう》だとすら思えた。

第三者的目線で自分のことを思い返すロレッタの頭に、ふと現代の日本が夢のように思い浮かんだ。

車にスマホ……こんな貴族の邸ではなく、日本人の自分が、交通事故で他界してこの世界に生まれ変わったのだとわかる。自分が転生していることに気付いたのだ。

ロレッタの記憶もある。彼女の前世は、日本人なのだと漠然と理解した。

だからといって、今は日本人ではなくこれまで通りロレッタのままだ。何も変わらない。彼女の中に知識が増えたぐらいの感覚だった。

「……っ目が覚めたか？　ロレッタ」

名前を呼ばれて、顔を押さえていた手が止まる。ベッドサイドを見ると、アルフレードが心配そうな表情で座っていた。

「アルフレード様……？」

驚いた。目覚めてすぐにアルフレードがいたことに。

眠っていた身体《からだ》を起こそうとすると、ロレッタは倦怠感《けんたいかん》すらないことに気付いた。

毒を盛られたはずなのに、身体《からだ》が毒に侵されている感覚がない。まるで、昼寝から目覚めたようだった。

身体《からだ》の違和感のなさに、無意識に両手を見ようとすると、左手の温《ぬく》もりに気付いた。心配気なアルフレードがロレッタの手を握りしめていたのだ。

まるで、ロレッタを心配して離れがたいと思えるほどの熱だった。

「大丈夫か？　目が覚めてよかった……」

アルフレードは、ホッとした気持ちを吐き出すように、はぁと息を吐《つ》いた。

「あの……アルフレード様？」

ロレッタが握られた手を見て言うと、アルフレードの手が離れる。

（あぁ、嫌だったのだろうか）

心が沈み、ロレッタの表情が曇った。すると、アルフレードの表情も険しくなった。

「先ほどまで、医師がいてだな……目が覚めれば峠を越すだろうと言われた。犯人捜しはすでに行っているから、何か思い当たることがあれば言ってくれ」

「……私は、目が覚めたばかりですよ……それなのに、すぐに尋問ですの？」

「そういうわけでは……」

今は部屋にアルフレード以外は誰もいない。

先ほどまでいたであろう医師の手前、心配する夫に見せるために手を握っていたのだろうか。

ロレッタを心配してではなくて……

そのうえ、目が覚めたばかりなのに、犯人のことを聞くなんて……

（心配げに私を見たのはきっと私が前世を思い出してほんの少し混乱していたせいだ）

一瞬でも、期待などしてはいけない。それなのに、胸を押さえたロレッタをアルフレードが労《いたわ》ろうとした。

「大丈夫か？　……何か温かいお茶でも持ってこよう。欲しいものがあれば、なんでもすぐに持ってくるが……」

アルフレードがロレッタを気遣うなんて不思議だった。少しだけ焦っているようにさえも見える。でも、彼はエリスとの結婚を邪魔したロレッタが嫌いなはずだった。そう思っていた。

（…………まさか、犯人はアルフレード様じゃないだろうか）

いや、でもそれならロレッタと離縁すればいいだけの話。毒殺未遂事件を起こしてまで名ばかりの妻であるロレッタを排除して、醜聞をおこすだろうか。

じとりとアルフレードを凝視するロレッタ。アルフレードがその視線に戸惑う。

「ロレッタ？　どうした？　何を考えている？」

（怪しい……怪しいあなたのことを考えているのですよ）

不審な目でアルフレードをジッと見ていると、彼がふいっと顔を逸らす。それに、胸がチクンとした。

「お茶は結構です。アルフレード様は、お仕事に戻ってくださいませ」

アルフレードを一瞬だけ疑ったのに、もうそんなことはどうでもよくなった。

「……俺は、君の夫だぞ」

「知ってますわ。それがなんだというのです」

ベッドで身体《からだ》を起こしたまま腕を組んでツンとそっぽを向いて言った。今さら夫だと言われても、何が言いたいのかわからない。先に目を逸らしたのはアルフレードだ。

いつものようにアルフレードの冷たい瞳がロレッタに向けられ、彼は立ち上がった。

「……医師とはいえ男だ。その格好はやめろ」

腕を組んだまま胸元を見ると、大きく開いた襟ぐりにはレースがあしらわれている。いかにも派手な赤色で、滑《なめ》らかな肌触りのいい生地のナイトドレス。確かにロレッタのナイトドレスの中でも少し派手だろう。

思わずロレッタの顔がカァッと赤くなる。前世を思い出さなかったら、そうは思わなかったかもしれない。

(でも、これが私なのよね)

頬を少しだけ紅潮させたロレッタに気付いたアルフレードが、一瞬だけ不思議がった。

「ロレッタ……?」

「な、なんでもありません」

指摘されたことが、急に恥ずかしくなる。その勢いのまま掛ぶとんを頭まで被り丸くなった。

その中で、アルフレードが部屋を出ていく音が聞こえていた。

名残惜しそうに出ていったアルフレードに気付かないままで……

――翌日。

薬を飲んで寝ていたせいか、すでに昼になっている。よく寝たと思いながら頭を押さえて起き上がると、テーブルの上の食事に気付いた。パンとミルクのみ。「またなのね……」と、冷ややかな気持ちでベッドから下りた。

侍女を呼び出すために、ベッドのそばの使用人休憩室に直結しているサーヴァントベルの紐を引っ張る。そのままベッドサイドで、物憂げにロレッタは待っていた。

ロレッタが腕を組むと、ナイトドレスの胸元に気付いた。昨日は、アルフレードに指摘されて少しだけ羞恥心があった。でも、今はそんなものはない。本来のロレッタには、これが普通だったからだ。

やはり、前世の記憶が戻っても自分はロレッタなのだと納得する。

すると、音を立てて部屋の扉が開いた。

(下品なこと……)

ノックの音はないのにわざとらしいガサツな扉の開け方に、ロレッタは眉根を寄せ目尻を細くする。

呼び出されたロレッタの侍女ベラは、元はクロイツ公爵家のメイドだった。二十代後半ほどで独身の彼女は、黒い侍女服に薄い茶色の髪を後ろに一つにまとめている。前髪も後ろにまとめているせいか、不貞腐《ふてくさ》れた顔がよく見えていた。

彼女は、無理やりアルフレードと結婚したロレッタよりも、柔らかい雰囲気を醸し出し清純な容姿のエリスの方がお好みらしい。

エリスは、アルフレードの婚約者になるはずだった。彼女は、幼い頃よりクロイツ公爵家に出入りしており、その彼女をベラはずっと可愛《かわい》いと思っていたのだ。

そのせいで、いつも通りの不機嫌な面持ちでやってきた。

「ベラ。新しい食事を持ってきて。もうお昼だから、昼食を持ってくるのよ？　その前に湯浴《ゆあ》みもするから、タオルと着替えの準備もしてちょうだい。昼食は、湯浴《ゆあ》みのあとに食べるからそれに合わせて用意をするのよ。湯浴《ゆあ》みをしている間に作れるわよね？　さぁ、すぐに動いてちょうだい」

「……わかりました」

「それと、ノックぐらいしてちょうだい。誰の部屋だと思っているのかしら？」

「……っ、わかりました」

不貞腐《ふてくさ》れた様子で返事をするベラに、いつも通りの態度だと納得してしまう。

彼女が仕えるのは、ロレッタではなくエリスだったはずだからだ。そのせいか、ロレッタの世話をすることがひどく嫌らしい。やる気のない態度に最初は仕方ないと思っていても、仕事をしない彼女を放置もできない。だから、仕事を頼む時は一つ一つ言わないといけなくなっていた。

食事にしてもそうだ。アルフレードに腹を立てていたロレッタは、自室に食事を運ばせることが多かった。持ってくるのは侍女のベラやメイドだ。その食事も不味《まず》い。持ってこない日もあった。

毎回言わないと、きちんとした食事が出ないのだ。

何度も注意したが、滞在中のエリスがその度に使用人を庇《かば》うものだからロレッタはひたすら悪者にされる。そして、使用人たちは改善すらしない。

そのうち、食事も当てにしなくなったロレッタは、外食が増えていた。

アルフレードも、ロレッタが外を出歩くことについて何も言わなかった。

「……疲れたわ」

ベラに急いで準備させた湯浴《ゆあ》み。ナイトドレスを脱いで温かい浴槽に浸かり、ぽつりと呟《つぶや》いた。

もう何年も湯浴《ゆあ》みをしたことがない感覚に陥る。そんなわけないのに。

毒に侵されたあとなのに、身体《からだ》は思ったよりもすっきりしている。ただ、心が疲弊している。

これからも、毎日あの使用人たちを抱えて、ロレッタに見向きもしない夫と結婚生活を続ける必要があるのかと悩んでしまう。

嫌われ者のロレッタと違い、エリスなら使用人一同大歓迎だ。実際、彼女は前クロイツ公爵にも使用人にも可愛《かわい》がられており、幼い頃からクロイツ公爵邸に馴染んでいる。

ロレッタは命令をして使用人を使うだけ。それにひどく疲れた。

「……私が離縁すればいいことよね」

ロレッタは、アルフレードが好きで、父親であるルビアス侯爵に頼んで結婚した。

ルビアス侯爵は、公爵家の彼と一人娘の結婚を反対することもなく、それどころか男と遊んでばかりのロレッタが、結婚し落ち着くならという気持ちもあったかもしれない。そもそも、ルビアス侯爵はロレッタが誰と付き合っていても何も言わない父親だった。

あっという間に決まった結婚だった。アルフレードがロレッタに好感など持つはずもなかった。

ロレッタは前世を思い出したせいか、自分のしたことが間違いだったと気付いてしまった。

湯浴《ゆあ》みを済ませて部屋に戻ると、テーブルの上にはオムレツにサラダにパンにスープ……と食事が置いてある。オムレツは、嫌いではない。でも、ここのオムレツは少し硬めだ。

「柔らかいオムレツが好きなのよね……でも、食べられるから良しとしましょう」

好みでもない食感のオムレツを味気なく食べて、そのあとは医師の診察を済ませた。

毒が身体《からだ》に残っているかもしれないから、しばらくは激しい運動などしないようにと言われて終わりだ。

（でも、身体《からだ》に毒が残っている感覚はないのよねぇ……）

自分の身体《からだ》を訝《いぶか》しみながら、部屋の陽当たりのいい窓辺へと移動した。

部屋で安静にすることに異議はないけど、その都度食事などを使用人に指示することが面倒くさい。仕事なのだから、割り切って滞りなくやってほしい。でも、そんなことは無理なのだ。

憂鬱な気分で窓辺に膝を立てて座っていると、エリスがお菓子持参でやってきた。

「ロレッタ様。おかげんはいかがでしょうか。使用人の気が利かないと言って、お叱りになったと聞きました。お菓子をお持ちしましたので、これで許して差し上げてください」

小柄で可愛《かわい》らしいエリスは、柔らかなピンク色のストレートな髪をなびかせて、笑顔でお皿にのせたお菓子を差し出した。

ロレッタとは、正反対の容姿。ロレッタの方が外見は大人っぽいが、童顔のエリスはロレッタよりも一つ年上の二十歳ほどだった。

そのエリスの笑顔が癇《かん》に障る。まるで、使用人の不始末を主人が謝罪に来ているような構図に苛立ってしまう。

「……気が利きますのね。さすがエリス様ですわ。他人の邸の使用人の謝罪に出向くなんて……」

　エリスに笑顔で対応した。

「他人だなんて……私たち家族になりますのに……」

「家族……」

　悲しげにそれでいて悩まし気にエリスが言うと、笑顔を作っていたロレッタの表情が曇ってしまう。

「もしかして、アルフ様から、お聞きになってないのですか？　私とアルフ様が結婚することを……第二夫人になりますのよ。結婚したあとにお伝えする気だったのかしら？　……結婚をまた邪魔されては困りますものね」

「アルフレード様はなんと？」

　そんなのエリスに聞かなくても決まっている。それでも、ロレッタは聞いてしまっていた。

「もちろん賛成ですわ。私たちは、幼い頃から結婚するつもりだったのですから」

　にこりとする可愛《かわい》らしい笑顔が嫌い。前世を思い出して悪妻はやめようと思っても、ロレッタである自分の気持ちは変わらないのだ。

　でも、ふと思った。

（……そうだ。妻をやめればいいんだ）

　離縁すれば悪妻にもならないし、そのあとは悪女もやめて質素に生きればいい。どうせなら、スローライフを楽しむという手もある。

（ルビアス侯爵の田舎の別荘を借りるか、いただいて王都を去ればいいんだわ。そうと決まれば、すぐにアルフレード様に離縁を申し入れましょう！）

良し!!　と思いながら拳を握るとエリスがまだクッキーを持って立っていた。

「ロレッタ様。落ち込むのはわかりますけど……クッキーでも食べて元気を出してくださいね」

漠然とスローライフについて考えていると、落ち込んだと勘違いしたのかエリスが笑顔で言う。

「あら、まだいましたの？」

「先ほどから、ずっといますわ！」

まだ、いたのねぇ……と思う。すでにエリスを忘れていた。スローライフのことを考えている間にいなくなっていればいいものを。

「ごめんなさいね。しけたクッキーは好みではないの……それに考え事をしたいから一人にしてちょうだい」

「しけただなんて……」

エリスが、あざ笑うかのような歪《いびつ》な笑顔で近づこうとした。ロレッタに美味《おい》しいクッキーなんて持ってきたことはない。硬い焼き菓子の時もあれば、ぱさぱさになった焼き菓子の時もあった。塩辛いクッキーだって持ってこられたこともある。

そんなエリスのクッキーなんて、ロレッタには食べる義理はないのだ。

（どこをどう見たら、私がそんなお人好しに見えるのかしらねぇ……）

その時、いつもなら仕事でいないはずのアルフレードが部屋にやってきた。

「エリス？　ここで何を？」

アルフレードの姿を見ると、先ほどの笑顔から一変したエリスが涙ぐみ、彼に寄り添う。

変わり身の早さは尊敬する。

「なんでもありませんわ。クッキーがお口に合わないようで下げろと言われたのに、私がお勧めしたのがいけないのです。使用人たちも、ロレッタ様を怒らせないように頑張《がんば》っていることをお伝えしにきましたのに……」

そんな言い方をすれば、ロレッタが気に入らなくて一方的に言ったように聞こえる。でも、これがエリスのやり方だった。

アルフレードも、いつもため息を吐《つ》くだけでロレッタを庇《かば》ったことなどない。

「……でしたら、そのクッキーはアルフレード様とお召し上がりになってくださいな。私は、休みたいのですよ」

ツンとして窓の外に視線を移して言った。どうせアルフレードにそのクッキーは食べさせられないことはわかっている。

ロレッタは、エリスを横目で見る。

「で、では、アルフ様にはお茶の準備をしてきます!!」

案の定、エリスは微《かす》かに慌てていた。クッキーが不味《まず》いと確定した瞬間だ。

「ロレッタ。身体《からだ》はまだ悪いのか？　医師は、安静にしていれば問題ないと言っていたが……」

アルフレードのロレッタを労《いた》わる言葉に驚いて彼を見上げた。エリスではなく、ロレッタの心配をしているのだ。

「エリス。ロレッタは、まだ療養が必要だ。使用人が大事なのはわかるが、ロレッタに負担をかけないようにしてくれ」

「そんな……私、そんなつもりじゃ……使用人たちがロレッタ様のお気に召さずに落ち込んでいますから、仲を取り持とうと……」

「エリス。今のロレッタには療養が必要だ。使用人の機嫌を取るのも、今すべきことではないはずだ。クッキーも下げてくれ。今は急にはそんなに食べられないだろう。使用人たちと食べなさい」

食欲はある。エリスの持ってきたクッキーを食べたくないだけで、食べたい気持ちはあるけども……

アルフレードは寄り添っていたエリスを抱き寄せることなく、つかつかとロレッタのそばに来たと思うと、無言で抱き上げた。

「ア、アルフレード様!?」

「ベッドで休んでいた方がいい」

「でも……」

ロレッタがエリスに視線を移すと、こちらを睨《にら》んで立ち尽くしたままの彼女と目が合った。ロレッタの視線の先に気付いたアルフレードが振り向くと、彼女はつり上がった眉を華麗に下げた。

「エリス。下がってくれ」

エリスが、バツが悪そうに少しだけ顔を赤くした。

「失礼します!!」

アルフレードにそう言って、エリスが頭を下げてバタバタと部屋を去っていく。せめて、静かに出ていってほしい。

「出ていってしまいましたわよ？」

「別にかまわないだろう。それともエリスに用事でもあったのか？」

そう言いながら、アルフレードがベッドにロレッタを優しく下ろした。

「いえ。まったく、ですわ」

ロレッタが呼び出したわけではないのだからかまわないけど、アルフレードが彼女を追わないことが不思議だった。だからといって、エリスを追わない理由を聞く気もない。

「アルフレード様。お仕事はお休みですの？」

「休むのはおかしいか？」

（おかしいのかしら？）

よくわからない。真面目なアルフレードが、休むこと自体が珍しいと思うのだ。

アルフレードが無言でロレッタを凝視していることに気付かないまま、ムムッと考え込んでいると、彼がロレッタの隣に腰を下ろし、先に口を開いた。

「ロレッタ。何か気になることでもあるのか？　悩みがあるなら聞こう」

「悩み……お伝えしたいことはありますわ」

「なんだ？」

「私と離縁してくださいませ」

ベッドサイドで隣同士に座り、ロレッタと顔を合わせているアルフレードとの間に無言の空気が流れる。むしろ、時が止まったようにアルフレードは動かない。

「アルフレード様？」

「…………………」

アルフレードは、困ったように汗をたらりと流して、髪を片手でかきあげた。

彼が動揺するところなんか見たことない。おかしいですわ、と思うけど……

「……それは、どういう意味だ？」

「言葉通りですけど？」

「離縁を申し出るに至った経緯はなんだ？」

「経緯ですか……」

先ほど離縁を思いついた。でも、今のままでは夫婦としては形だけのこと。

それは、結婚してからずっとなのだ。

「何を考えているのかわからないが、離縁はしないぞ。お断りだ」

「それこそなんでですか!?」

予想と違う答えに思わず声が上ずり、ロレッタはベッドの上で両手をついて詰め寄る。

「それはこちらのセリフだ。離縁する理由もわからずにイエスと言えるか!!」

「理由ならあります。私たちは、夫婦としての形を成していないではありませんか。確かに、アルフレード様と結婚できて、我が家は安泰です。ですが、離縁しても我が家は落ちぶれることなどありませんし、問題はありませんわ」

離縁すれば社交界で噂にはなるけど、それで落ちぶれるほど我が家は脆弱《ぜいじゃく》ではない。これでも、それなりの権力も資産もあるのだ。

「今なら、慰謝料も請求しませんわ」

両手を握りしめて、にこりとして言った。

「そんな心配はしてない!!」

「チッ……」

「舌打ちをするな！」

呆《あき》れたように力いっぱいで返されてしまう。

「……大体、理由はそれだけか？　毒殺未遂事件は、まさか自殺をしようとしたのではあるまいな？」

「あれは事件です!!　私は……」

自殺なんか考えてない。アルフレードとの関係には悩んでいたけど、自殺して終わらせようなど思ってもなかった。そもそも、ロレッタはそんな性格ではない。

「でも、アルフレード様は私が自殺未遂をしたと考えているのですね？　私のことなど、何も知らないからそう思うのですわ。私たちは、お互いに顔を合わす日もないことだってあったのですよ」

「……なら、ロレッタのことを教えてくれ。これからは毎日会いにくるから……」

（なぜ今さら会いにくる？）

そんな疑問が脳裏を掠《かす》める。胸がちくんとした。アルフレードとの日々を思い出すと、泣けてくる。

初夜に来なかった夫に腹を立てて、顔を合わせるとあからさまにツンとしたロレッタ。そのうち彼は仕事であまり邸に帰ってこなくなった。

多くの使用人に囲まれながらもロレッタは一人だった。彼に相談したくても、仕事でいない。そのうち諦《あきら》めていた。でも、いつかロレッタに気付いてくれるかもと期待もしていた。

ロレッタは、素直ではないのだ。

どれほどこの男を待っていたのだろうかと思い出すと、目尻から涙が零《こぼ》れた。

いつもなら泣くことはない。きっと毒殺されそうになったせいだ。

「すまない……」

アルフレードはそう言いながら、ロレッタの泣き顔を隠すように抱きしめてきた。彼に抱きしめられたのは初めてだった。

男に慣れていたロレッタなのに、それが恥ずかしくて切なくて、顔を上げられなくなる。

腕の中でその声を聞いたロレッタは、濡れた目尻をそっと拭いた。

「ロレッタ……」

「アルフレード様。……離縁を所望します。軽くサインをしてくださいませ」

「絶対にお断りだ!!　どんな流れで言うんだ!!」

アルフレードに突っ込まれてしまう。しんみりしていた空気が一瞬で壊れた。でも、ロレッタにはもう結婚を続ける意味がわからない。

本当に離縁したくないのか、ただ怒っているのか……他の男と違うアルフレードだけは、ロレッタには理解不能だった。

だからといって、今決めた離縁希望を撤回する理由はない。

「でしたら、毒殺未遂事件の犯人を見つけてください。期限は一ヶ月ですわ」

「もちろんだ。今も調べている。すぐに見つければ、離縁を思いとどまってくれるか？」

「……夫であるアルフレード様の許可がないと、妻である私は離縁できませんからね。でも、期限は一ヶ月です。一ヶ月後に私はこの邸を去りますわ」

「一ヶ月か……」

「無理しなくてかまいませんわよ」

「いいや。十分だ」

ロレッタが顔を上げると、どこかホッとしたようなアルフレードと目が合う。

「十分？」

「毒殺未遂事件はこのクロイツ公爵邸で起こったことだ。調べようはいくらでもある」

犯人を見つけることは簡単ではない気がするけど……

「犯人はアルフレード様？」

「まったく違う！」

「一応、確認しただけですわ」

　飄々《ひょうひょう》と言うロレッタ。困ったように、アルフレードは眉間を押さえた。

　目覚めてすぐは、前世を思い出していたせいからか、そう思った。ほんの一瞬だけだけど。だが、アルフレードは違う。彼は、そんなことをしないと知っていたはずだ。

（そんなことをしない理由は、なんだったかしら……）

　思い出そうとすると、アルフレードがロレッタをそっとベッドに横たわらせた。

「それよりも、休め。そばにいるから……」

　そんな思考をかき消すようにアルフレードは優しくて、ロレッタから目を離さなかった。

◆◆◆

　――数日後。

（おかしい……。あれから、毎日がおかしい）

　毎日、アルフレードがロレッタの元に通ってきていた。いや、同じ邸にいるのだから顔を合わせることは普通なのだろうけど……今までは、一緒の邸にいても顔を合わせない日もあったというのに。

　それでも、「アルフ様」と言っていつもエリスがついて回っていたから、ロレッタはお呼びでないのだろうと思っていたが……

「でも、アルフレード様は、一日に何度も私のところにも来るのよね……」

これが一番理解不能。もしかしたら、エリスとの結婚が近いからその準備のためにアルフレードは邸にいるのだろうか。エリスは、なぜかご機嫌。

あの清純そうなあざとい顔を思い出すと、舌打ちしたくなるほどイラッとくる。

毒殺未遂事件のあと、ロレッタの身体《からだ》に異常はない。おかげでたった数日で、外出可能となった。

そして今日、以前のようにロレッタは外出していた。クロイツ公爵邸にはない美味《おい》しいお茶を求めて街に来ている。

この辺りは貴族街で舗装された石畳の道に街路樹が並び、人通りも騒がしくなく落ち着いている。

馬車を降りると、そんな趣のある街を見渡しながら、ハイヒールで歩いてカフェへと向かっていた。

「ロレッタ！」

アルフレードのことを考えながら歩いていると、後ろから声をかけてきたのは、以前ロレッタと付き合っていたアディル・ロアール次期公爵だった。

柔らかい癖のある紫色の髪に同じ紫色の瞳。高身長でそれなりの顔立ちのせいか、紺色のスーツ姿が似合う。年は二十代前半。アルフレードのような威圧感はないアディルは、身分も高く社交的で令嬢たちの人気者だった。その彼が、驚きを交えてやってきた。

「……アディル？　……何かしら？」

アディルとは、半年ほどしか付き合ってなかった気がする。

彼は、自分に自信があり、それを隠そうとしないうるさい男だった。そのうえ、なんの刺激も魅力もなかった。ただそれだけで、ロレッタにはつまらないの一言しかない。

一緒にいて心惹かれることは一度もなく、父親の紹介でありながらも、早々に付き合いを終わらせた人だった。半年も頑張《がんば》った自分を褒めてやりたいくらいだ。

前世の記憶が戻っていたら、絶対に付き合わなかった。人格も性格もロレッタではあるけど、以前とは少し違うのだ。

「ロレッタ。やっと会えた……結婚してから、全然会ってくれないではないか」

「はぁ……あなたと会う理由がありませんもの」

（なぜ、この私が別れた男と会う必要がありますの？）

疑問を口にしないまでも、ツンとして言う。アディルは、会えたことに感激しないロレッタにむすっとする。穏やかさはなく、むしろもの凄く怒っている。

「ロレッタ……俺が求婚したことを知っているだろう」

「そういえば、そうでしたわねぇ……」

ロアール公爵家から正式に結婚の話がきたのは、知っている。彼はロレッタに結婚を断られると、今度は彼女の父親であるルビアス侯爵に申し込んだのだ。公爵家からの求婚なら、断られないと考えてのことだろう。

でも、我がルビアス侯爵家は権力や身分に屈するような家ではない。ロレッタの父親は、相手が公爵家であろうと素直に人の言うことを聞くような善人ではないのだ。

（結婚は諦めていいんじゃないかしら？）

ロレッタが父親から話を聞かされた時も、アディルと結婚する気はなかったから「お断りですわ」と言った。

自信家のアディルは、多くの令嬢から言い寄られるような令息だった。その彼が、ロレッタに求婚して断られたのだ。プライドが傷ついたかと思うけど、そんなことを気にしないロレッタに、アディルは昔のように手を取りそっと口づけをしようとしてくる。

「興味がないから、別れますわ」と言ったのだが、別れ方が優しすぎたのかもしれない。

（ふっ……別れを笑顔で言うんじゃなかったですわ！）

軽く後悔すると、距離を詰めようとするアディルから後ずさりしていた。

「今なら、やり直せるぞ。俺は、心の広い男だ。それに、こんなところで再会するなんて、運命だと思わないか？」

「私は、まったく運命なんて感じませんけど？」

（これは、ストーカーの一歩手前かしら？）

ロレッタは、取られた手をパンッと払いながら言った。それでも、アディルは引かない。ロレッタの対応に慣れすぎたのかもしれない。

「再会を記念して、どこかで祝杯をあげようか。ロレッタの好きな赤ワインをご馳走《ちそう》しよう」

「お断りですわ。私に祝杯を上げる理由はありませんし……」

アディルは再会に感動して喜んでいるらしいけど、ロレッタはまったく嬉《うれ》しくない。

（別に再会を待ち望んでいたわけではないのですよ。むしろ、今の今まで頭の隅にもありませんでしたわ）

困ったなぁと、思わず腕を組んで悩んでしまう。

「ロレッタ？　……雰囲気が違わないか？　いつもなら、行きたくない時は、邪魔ですわ、と見下した目で言うのに……」

ぎくりとする。前世の記憶を思い出したから、以前のロレッタとは違うと感じたのだろう。でも、前世のことを思い出しただけで、ロレッタでなくなったわけではない。

今だって、戸惑うことなくロレッタらしい言葉がぺらぺらと出てくる。

確かに以前のロレッタならつまらない時は、冷ややかな瞳で見下していたのは事実だ。わかっているなら、求婚を断られた時点で諦めてほしい。しつこい男にうんざりする。

ただ、今は前世の記憶がひどく頭を巡っている感覚はある。しかしそれも一時的なもの。自分が高飛車ロレッタであることは間違いない。ロレッタは、前世の記憶に支配されるなど、謙虚な性格ではないのだ。

「あのですね、アディル。私は結婚したのですよ。ですから……」

「知っている。だが、うまくいってないのだろう？」

アディルが、痛いところを突いてくる。

「あなたに言われると、なんだか癪《しゃく》に障りますわね……どうしてかしら？」

「失礼なことを言うな！　あれだけ、付き合っておいて……」

お互いに見合ったかと思えば、アディルが力いっぱいに否定した。

一体ロレッタはどれだけ振り回したのかと、今さらながらに思う。振り回されたアディルは可哀《かわい》想《そう》なのだろうけど、ロレッタに会えて嬉《うれ》しそうな彼を目の前にすると、そんな気持ちは微塵《みじん》も湧いてこない。

明らかにロレッタの中に、アディルに対する感情がまったくないのだ。うるさい自信家だったという認識しかない。付き合っていたはずなのに。

「まぁ、せっかくだ。ワインが嫌なら、お茶ぐらいご馳走《ちそう》してやろう」

「だから、いらないのですけどねぇ……」

ワインが嫌なのではない。一人になりたくて来たのに、なぜ未練の欠片《かけら》もないアディルとお茶をしないといけないのかと、ロレッタはあからさまにため息を吐《つ》いた。

ロレッタには、アディルとお茶をする気も恋人に戻る気もないのに、アディルは付き合っていた時のように、彼女に手を伸ばしてきた。それをどうしてやろうかと思うと、アディルに対する視線が鋭くなる。

すると、突然後ろに身体《からだ》を引かれて、アディルの伸ばした手から離れていった。

「……妻に何か用か？」

背後からアルフレードの声が聞こえた直後、ロレッタは一瞬で彼の身体《からだ》に押しつけられている。

まさか、アルフレードが現れるとは思ってなかった。私服のスーツ姿は、仕事に行くのではないのだろう。しかも、高身長の彼によく似合う。

すると、アディルがぽつりと呟《つぶや》く。

「アルフレード……」

「ロレッタに気安く触らないでもらおうか」

アルフレードがアディルの手からロレッタを離そうとして、そのまま抱き寄せている。彼の胸に頭がぴたりと当たり、こんなに密着したことなんかなかったので驚いた。

アルフレードが腕の中につかまえているロレッタをじろりと見下ろすが、彼女は密会していたわけではないですよという気持ちで彼を睨《にら》み返した。

「ロレッタ……別れないのか？　アルフレードは、冷たいと有名だぞ」

知っている。アルフレードは、アディルや他の貴族たちと違って柔らかな雰囲気でもなければ、笑顔を見せることもない。結婚式の時だって、ずっと眉をつり上げて冷たかった。

アディルに言われて、ロレッタは冷ややかに苛立った。他人から別れを促されるなど、不愉快なだけだった。

「アディル。私は、人に指図されるのは大嫌いなの。もう忘れたのかしら？」

「いいや。よく覚えている」

アディルがアルフレードに視線を移す。アルフレードの鋭い視線を受け、同じ公爵家という身分のせいか、アディルが対抗するように睨《にら》み返していた。

アルフレードは、何を考えているのかまったくわからない。

「まぁいい。会えて良かったよ。ロレッタの元気そうな姿も見られたし……では、また会えることを期待している」

アディルが、微笑を浮かべて言う。

「ええ、ごきげんよう。アディル」

軽く手を振り去っていくアディルに、手を振り返した。一緒にいるアルフレードは、妻が逢《あ》い引《び》きしていたと勘違いしているのか、眉間のシワは、まったく戻らない。

「ロレッタ……邸に帰るぞ」

「私は、まだ用事を済ませていませんわ」

「まだ、男と会うつもりか……」

アルフレードは呆《あき》れたように頭を抱えるけど、男に会いに来たわけではない。アディルと会ったのは、偶然なのだ。

せっかく街に出てきたのに、アディルのせいで台無しになった。ため息が出る。

彼がロレッタに再びフラれたとなれば、また悪女の噂が増える。あのおしゃべり男なら絶対に言いふらす。ただし、プライドが高いから、絶対に素っ気なくされたことは隠してだ。

（勝手に噂を増やさないでくださいな）

はぁ、とため息を吐《つ》くと、アルフレードが怪しんで見下ろしているのがわかる。

こんな悪女が嫌で、彼はロレッタを好きにならなかったのだろう。別に、甘い囁《ささや》きなど期待もしてないけれど。

そして、アルフレードのせいでお茶もできなくなってしまい、ロレッタの眉間にシワが寄る。

お茶は、貴族の嗜《たしな》みなのに。

街を見渡してもいつもと変わらない風景だ。違うのは、夫のアルフレードがロレッタを初めて迎えに来たこと。

今日のところは、アルフレードに肩に手を回されたまま、ため息交じりにその場を去るしかなかった。

彼と一緒にお茶や買い物を楽しんだりする気もないからだ。

「……ロレッタ」

「なんですの？」

「もう少し休んだ方がいい。欲しいものは、なんでも持ってこさせる」

「では、離縁状をくださいな」

「そういう意味ではない！」

ツンとするロレッタとアルフレードが一緒に歩いているのさえあり得ない光景なのに、何を言っているのかと、悲しくなる。

「アルフレード様は、ご自分の用を済ませた方がよろしいですわよ」

ツンとして、アルフレードの手から抜け出して離れて歩き出す。

「どこに行くんだ？　まだ休んでいた方がいいだろう？　食事もあまりとっていないと聞いているぞ」

食事があまりとれないのは、食べられたものではないからだ。そんなことにも彼は気付かない。

ロレッタは歩き出した足を止めて、アルフレードに振り向いた。

「……あなたの目は、節穴ですわね」

ロレッタは冷ややかに言った。

彼はロレッタのことなど、なんにも見ていない。彼が見ているのは、彼が信じているのは、第二夫人にしようとしているエリスと長年仕えているクロイツ公爵邸の使用人たちだろう。

ロレッタの言葉に、アルフレードの反応はなかった。ただ、彼は傷ついた表情を見せている。それに胸がチクンとした。

アルフレードは、静かに口を開いた。

「……買い物がしたいなら、一緒に行こう」

「一人で行きたいのですわ……」

「また、あんな事件が起こってはたまらない」

「では、帰りますわ」

それは、こっちのセリフだ。ロレッタが、自分から好んで飲んだ毒ではない。でも、毒の出所すらいまだにわかっていない。

「毒は見つかりましたの？」

「まだだが……気になるのか？」

「さぁ、どうでしょうねぇ」

素っ気ない口ぶりのうえ、暗い顔のアルフレードに連れられて、お茶に行く気も失せてしまい、そのままクロイツ公爵邸へとギスギスした雰囲気のまま二人で帰宅した。

◆◆◆

——翌日。

今日も、アルフレードは使用人たちを順番に書斎へと呼び出していた。使用人の名前と役職を確認して、ロレッタの毒殺未遂事件が起きた時のことを聞くために。それに加え、普段のロレッタやクロイツ公爵邸での人の動きも聴取していた。

書斎前の廊下には、緊張感を滲《にじ》ませた使用人たちが並んでおり、アルフレードの合図でレーシスが順番に一人ずつ呼び込んでいた。白髪が見え始めた初老のレーシスは、長年クロイツ公爵家に仕えている真面目な執事だった。

「……ロレッタの様子はどうだ？　君は事件の時、どうしていた？　その日は何をしていた？　すぐにロレッタの異変に気付いたのは侍女の君ではなかったはずだ」

書斎机に座るアルフレードの前に立っているのは、ロレッタの侍女のベラだった。レーシスは書斎の扉の前で立っている。

ベラは、書斎に入ってくるなり悲しげな表情で書斎机の前に立ち、聴取されていた。

「あの日は、いつものように奥様に追い出されまして……お茶はメイドに頼みました」

「……お茶はどこに置いていた？」

「厨房のテーブルの上に……。いつも準備ができたらそうしておりますので……」

それを、メイドが持っていったと言う。

「持っていかせたメイドは誰だ？」

「……気がつけばなかったので……シンシアだとは思います。その時に、その、手が空いていたのは彼女だけだったので……」

ベラが自信なさげに言う。

階下には、厨房へと続く廊下の脇に通用口がある。使用人も外からの食材を発注している業者たちも利用しているところで、誰でも出入り可能だった。

それでも、階下の出入り口から階上へ行くには厨房の前を必ず通るため、通用口の利用者に不審な人物がいれば必ずわかる。

そもそも見覚えのない人物や不審者がいれば、必ず報告に上がるはずだった。

ベラの言う通り、お茶を持っていったメイドも下級メイドのシンシアで間違いない。……と思う。

だが、シンシアに聞いても頷《うなず》くだけではっきりとしない。そのせいで、アルフレードはお茶の給仕が彼女だと確信が持てないでいた。

（お茶をメイドが運ぶ？）

それと、もう一つ……

ここは、クロイツ公爵家。資産家で、高い身分を有している公爵家の女主人に、メイドがお茶を持っていくことに怪訝《けげん》な気持ちになる。本当にお茶をメイドが運ぶのかと……

アルフレードは、いつものように眉間にシワを寄せ、怪訝《けげん》な表情で手元の名簿をめくった。

シンシアは下級メイドと書かれている。

他のメイドたちの話では、シンシアは地味なメイドだと言う。存在が薄すぎて、他のメイドたちにお茶を持っていったことにすら気付かれていないくらいだった。人によっては、シンシアの姿が見えなくても、まだどこかで掃除が終わらないぐらいにしか思っていなかったのだ。

そして、お茶を飲んで倒れたロレッタの異変に気付いたシンシアが、すぐに部屋から飛び出してきたのだと言う。

即効性の毒だった。効き目があっという間に表れる毒は、ロレッタの身体《からだ》を一瞬で侵した。

シンシアというメイドが、毒が回るのを待っていたとは考えられない。待つ理由もない。

当時の様子を細かく聞きたいアルフレードだったが、シンシアはおどおどして、会話にすらならなかった。質問に答えるだけで精いっぱいなのだと思えるほどに。レーシスも、シンシアは気が弱く人付き合いも上手ではないと言っていた。

とてもじゃないが、彼女は他人を手にかけるような度胸すらない。本当に彼女がお茶を持っていったのかと、疑わしい気分だった。

お茶についても、料理人とレーシスに確認したら、厨房に置いていたのは間違いない。そして、ベラが「奥様に追い出された」と一度持っていったお茶を持って、ロレッタの部屋から戻ってきたらしい。

レーシスたちは、そんな会話が休憩室から聞こえたと言う。そして、持って帰ってきたお茶がいつの間にかなかったと……。レーシスは、そう言っていた。

「ロレッタとはどうだった？」

ロレッタについて、ベラが何を言うか試すようにアルフレードが聞く。

アルフレードの問いかけに、侍女のベラは表情を曇らせる。

「……奥様は……誠心誠意尽くしても、気に入らないとすぐに追い出すので……いつもエリス様が助けてくださっていました。お茶を持っていっても、飲まずに捨てることもあります。みんな怯《おび》えていました。奥様の機嫌を損ねないようにと……それを、お優しいエリス様が取り成してくださっていたのです」

ロレッタがどんなに意地悪だったかを涙目で訴え、エリスがいつも助けてくれたのだと言う。

そんな関係ゆえ、普段からロレッタの喧騒に、誰も近づくことさえできなかったと言う。聞き取りした使用人たちは、みんなロレッタを恐れて気を使っていたのだ。

「そうか……では、下がれ」

「あ、あの旦那様……っ」

「話は終わりだ。下がりなさい」

まだまだ言い足りないのか、慰めの言葉一つないアルフレードにベラが戸惑った様子でいる。これ以上、話を聞く気がないアルフレードがいつもの冷ややかな視線でベラを見据える。アルフレードの威圧感に気おされて、ベラはしぶしぶ退出した。

使用人たちに、ロレッタの普段の様子と共に事件当日の様子を聞いても、いつもと違うことをしている人物は一人もいない。みんな、いつも通りの仕事をしていた。

「ロレッタは、どうしている？」

「先ほど、お出かけになりましたが」

（また出かけたのか……）

書斎に置いていた手紙を開きながらレーシスに尋ねると、彼は落ち着いた様子でそう告げる。

毒殺未遂事件が起こる前から、ロレッタはひんぱんに外出を繰り返していた。

日中から出歩き、夜は夜会へと繰り出す。邸で顔を合わせれば、これでもかというほどツンと顔を背けられていた。政略結婚とはいえ、アルフレードはそれほど嫌われていたのだろうかと落ち込んだ。

事件後も、体調が落ち着くとすぐに出歩くようになった。

そんなロレッタを見て、レーシスは怪訝《けげん》な面持ちになるのだった。

レーシスは、結婚前にロレッタが男と遊び歩いているのを見かけていたらしく、あまり良くは思ってない。

「今夜のお食事も邸ではとられないかと存じます。ですので、エリス様が代わりに食事をお決めになりました。旦那様もご一緒に」

「そうか。エリスは好きに食べさせてやれ。俺は少し出かけてくる」

レーシスは、昔から遊びにきているエリスを大事なお嬢様として可愛《かわい》がっていた。それは今も変わらないだろう。以前は、それでも詮なきことと思っていたが……

「どちらに？」

「……人と会う約束があるが……レーシス、執事という分を超えず、役目を怠るなよ」

「もちろんです」

そのまま礼儀正しく見送るレーシスを残し、アルフレードは書斎を出ていった。

◆◆◆

今日は、誰にも会わずにロレッタはカフェに来ていた。感じの悪いクロイツ公爵邸よりもゆったりとできるカフェは、ロレッタにとっての天国。しかも、窓際の席は見晴らしも良くて、なかなかの特等席感があった。

それなのに……

「誰と待ち合わせしている？」

「アルフレード様？　どうしてここに……何かご用ですの？」

アルフレードが目の前に立っている。カフェで鉢合わせするなんて初めてだった。

彼は、ロレッタが男と逢《あ》い引《び》きすると思っているのか、ぶつぶつと周りを確認しながら呟《つぶや》いている。

「……心配してきたのに……」

「はぁ？　真鍮を作りにきた？　ここは、カフェですよ？」

「誰が真鍮を作りにきたと言った!!」

突拍子もない聞き間違いをするロレッタ。アルフレードが、バンッと呆《あき》れ顔でテーブルを叩《たた》きつける。ロレッタは、慌ててお茶が零《こぼ》れないようにソーサーごとカップを持ち上げた。

「君が邸を毎日出ているから、様子を見にきたんだ!!」

「はぁ……まぁ、どっちでもいいですわ」

「全然良くない!!」

何考えてんだと言いながらロレッタの向かいの席に座るアルフレードこそ、何を考えているのか。

お茶を飲みながらじとりとアルフレードを凝視すると、彼は長い足を組んで肘をついて不貞腐《ふてくさ》れている。

「……アルフレード様。何か飲まれますか？」

「は？」

「なんですの？　その驚きは？」

(何を飲むのか聞いただけで、どうしてそんなに驚きますか)

「……今、食べているのはなんだ？」

「スフレケーキですけど……」

「好きなのか？」

「スフレケーキは、好きですわ」

「なら、同じものをもらう」

「私のは、あげませんよ」

「誰が寄越せと言った！　自分で頼む！」

調子が狂ったように、アルフレードが軽く片手をあげて店員を呼んだ。その様子をロレッタは、スフレケーキを食べながら見ている。すると、カフェの中でもなかなかの顔良しの若い男性店員が注文を聞きにきた。

「色目を使うな！」

ロレッタがニコリと笑顔を向けると、若い男性の店員が頬を染める。

「うるさい男ですわねぇ」

「クッ……とりあえず、彼女と同じお茶とケーキを頼む」

拳をギリッと握りしめたかと思えば、深呼吸をして落ち着きを取り戻したアルフレードが注文を頼みだす。店員の緊張も一瞬で解けていた。

「スフレケーキですね。申し訳ありません。本日のスフレケーキは売り切れまして……」

「ない……？」

「フルーツタルトも本日のオススメです。いかがなさいますか？」

スフレケーキが売り切れと聞いて考え込むアルフレードに、店員の男性は丁寧に、そして元気にフルーツタルトを薦めた。

「では、お茶だけ頼む」

「かしこまりました」

落ち込みながらお茶だけ頼むアルフレードに、店員は一礼して去っていった。

（そんなにスフレケーキが食べたかったのかしら？）

「……アルフレード様。スフレがそんなに食べたかったのですの？　それなら、私のを召し上がりますか？　半分ほど食べてしまいましたけど……」

ロレッタがフォークを置いて言うと、肘をついて不貞腐《ふてくさ》れていたアルフレードが驚いた。

「……いいのか？」

「嫌なら別にいいですけど？」

食べかけが嫌なら、そうおっしゃればいいのに。そう思い、ふいっと顔を背けた。

「……隣に座っていいか？」

「かまいませんけど……」

ロレッタがそう言うと、アルフレードが彼女の隣の席に移ってくる。

（本当に何を考えているのかしら？）

妻が不審な目で夫を見ていることに気付かないのかと聞きたくなる。それでも、アルフレードは無言でロレッタの隣に腰を下ろした。

「どうぞ。フォークを今頼みますね」

「いい。一口だけいただく」

一口だけと言って、差し出されたスフレケーキを食べたアルフレード。

なんでしょうか……同じフォークを使うだけで、凄く照れる。

意地っ張りなロレッタは、わずかな恥じらいでもアルフレードに見せたくなくて、肘をついて窓の方を向いて顔を背けた。すると、アルフレードが静かに話しかけてくる。

「ロレッタ……邸の料理は、口に合わないか？」

「そうですね」

美味《おい》しくないのだから当然だ。ロレッタには塩辛くして出されることすらある。クッキー一つにしてもそうだった。

結婚して、いつ頃だろうか……『お茶が不味《まず》いわ』と言って、執事のレーシスに食後のお茶を下げさせたことがあった。その様子を偶然見ていたアルフレードが、『どうしたんだ？』と聞いてきた。その時に、『不味《まず》すぎて飲めませんわ。食事も不味《まず》いものばかりですのよ』と答えた。

でも、彼は『ワガママ言うな。嫌なら、好きにすればいい』と、困ったように頭を抱えた。その言葉にも、腹が立った。だから、『なら好きにさせてもらいますわ』と宣言して、ロレッタはそれ以上何も言わなかった。

そして、その言葉通り好きにした。

クロイツ公爵邸には、ロレッタの味方なんかいない。そう思えるほどに、ロレッタは心を塞いだ。

今さら、アルフレードに言っても無駄だとわかっているし、そんな彼に落ち込む顔も見せたくなかった。ロレッタは、誰かに泣きつくような性格ではないのだ。

だから、隣に座られても彼と寄り添うどころか、顔も見たくなくて窓の外を見たままだった。

「美味《おい》しいな……」

「甘すぎずちょうどいい味ですわ」

ケーキの味について簡潔な感想を述べるアルフレードに視線を戻すと、彼はロレッタの残りのスフレケーキを食べてお茶を飲んでいた。

会話が弾《はず》むわけでもない。だからといって、重い空気とも違う。アルフレードとロレッタが、二人で並んでいがみ合うことなくお茶をしているのだ。

なんとも言えない不思議な空気の中で、アルフレードは無言でお茶を味わっている。

一体この男は何をしにきたのだろうと、疑問しか湧いてこない。

その空気の中で、静かにアルフレードが口を開く。

「今度、また食べにこないか？　邸が嫌ならロレッタの好きなものがある店を探す」

「結構ですわ。私は、一人になりたいのです」

（だから、約束の一ヶ月後には離縁してくださいね。どうせ犯人を捕らえられはしないのだから）

素っ気ないロレッタに、アルフレードが数秒無言になる。まるで話題を探っているようだ。

「……このあとはどうするんだ？　誰かと会うのか？」

「一人になりたいと言いましたわ」

「では、どこにも行かないのか？　なら、買い物でもしないか？」

「は……？」

驚いた。

アルフレードがロレッタを買い物に誘ってきたのだ。初めての発言に驚きしかない。

「そんなに驚くことか？」

「何を考えているんですの？　私と買い物をしてどうするんですの？」

「ロレッタを知りたい。それに一緒に買い物しにいきたいと思うことがおかしいか？」

「今さらですわ。それとも私を調べているんですの？」

「調べられて困ることでもあるのか？」

「ありませんわ。でも、調べられるのは不愉快です」

調べられるのは、ロレッタが疑われているみたいで不愉快そのものだ。

ちなみに、盛られた毒の入手先なんか知らない。むしろ、あんなすっきり目覚める毒なら、自分が欲しいと思っている。

そうだ……毒を飲んだのに、普通の毒と違って目覚めたあとに身体《からだ》がすっきりとしていた。身体《からだ》に残っている違和感がないのだ。そんな毒が存在するのだろうか。

「毒のことを言っているんじゃない。事件も一ヶ月以内には解決はするが……」

そう言って、アルフレードがロレッタを真剣な眼差《まなざ》しで見る。その眼差《まなざ》しが切ない。いつも暗い表情のアルフレードだから、寂しそうな顔だという確信がロレッタには持てないだけで……

「買い物に行きたくないなら、俺に付き合ってくれ。行きたいところがあるんだ。それならいいだろう？」

「私はお高いですよ」

「もちろん、買い物に付き合ってくれた礼はする。それでいいだろう」

これ以上断ると、どこまでもついてきそうな雰囲気を感じる。

「……仕方ありませんわね。お茶も終わりましたし……」

「俺はお茶よりも下か？」

「そうですね。お茶は貴族の嗜《たしな》みですわ」

適当に返事を返すと、アルフレードは「行くぞ」と言ってロレッタを街に連れ出した。

アルフレードと連れ立って来た店の前で、ロレッタは呆然と立ちつくしていた。

「……ここに一体何をしに？」

連れてこられた目の前には、高級な宝石店。こんなところに連れてこられるとは予想外だった。

「どうした？」

「いえ……真鍮でも作りにいくのかと……真鍮のアクセサリーでもお求めですか？」

「だから、真鍮に興味はない!!　何考えているんだ!!」

「興味がありませんわ。アルフレード様の趣味も知りませんし」

「くっ……」

「私は、適当に見ていますから、アルフレード様もお好きになさってください」

「一緒に来たのにか？」

「仕方ありませんわね……一緒に見ればいいのですか？」

「そうしてくれ」

仕方なく一緒に店に入り宝石を見るが、一体宝石店に何の用があるのか。思い当たることといえば、エリスへの贈り物だろうか。彼女は第二夫人になると言っていた。

（……指輪でも贈るのかしら？）

アルフレードは店に入るなり、指輪をじっくりと見ている。

ロレッタと結婚が決まった時は、婚約指輪なんて贈られなかった。無理やり結婚にこぎつけたから仕方ないといえば仕方ない。ルビアス侯爵家から結婚の申し込みをして、すぐに結婚したのだから。

父親がなんと言ってアルフレードに結婚を申し込んだのかはわからないけれど、金貸しもやっている父親だから、色々裏から手を回したのだろうと予測はつく。

（お父様は、どっちかというと黒いのですよね）

何気なくショーケースの宝石を見ていて、ふと足を止めた。目の前のショーケースには親指大の真っ赤な宝石が二つある。大好きな赤色に、思わず目を引かれた。

「……透き通るような赤ですわね」

「希少な赤水晶です。入荷したばかりのものですわ」

店員は、笑顔でその赤水晶をケースから取り出して見せてきた。

「いただこうかしら？」

「まぁ！　お似合いですわ。こちらは、一つの石から作られておりまして、夫婦石になっております」

「夫婦石……？」

どうやら、この赤水晶は一つの石から二つになったもので、夫婦石と呼ばれているらしい。だから、夫婦石として夫婦で持つのがいいと、商売気を醸し出して、意気揚々と店員が説明している。

でも、今から離縁するのに夫婦石なんかいらない。欲しい。欲しいけど……くぅ!!

「やっぱりお断りいたします」

「それが欲しいんじゃないのか？」

店員にお断りすると、一緒にいるアルフレードが背後から顔を覗《のぞ》かせて、赤水晶をまじまじと見ている。

「欲しいですけど、夫婦石は不吉です」

「夫婦石のどこが不吉だ!!」

だって、夫婦になっていい思い出がまったくない。せっかく前世の記憶も思い出して、知識も増えたのに、アルフレードとのロマンティックな記憶がないのだ。

「それなら、二つあるから、宝飾品を二つ作ってもらいましょうか？」

「……夫婦石をお一人で？」

店員が笑顔のままで、頬を引きつらせながら言ってくる。言いたいことはわかる。

これは、夫婦石と先ほどから強調しているから。

「一人で使っても大丈夫でしょう。指輪とネックレスにしようかしら？　それとも、ブレスレットかアンクレットか……」

「……欲しいなら買うが、今日は、他のにしないか？」

「保守的ですわね」

「そういうことじゃない!!」

呆《あき》れたようにアルフレードが言う。

でも、買ったからといって、夫婦で使わないといけない決まりなどないだろう。

「……なんで、夫婦石を一人で……」

アルフレードが、項垂《うなだ》れて独り言を呟《つぶや》いている。

疲れたのだろうか。自分も慣れない夫との買い物は疲れる。

「なんですの？　もうお帰りですか？　なら、疲れましたから早く帰りましょう。私は忙しいのですよ」

「人の話を聞け。それに、何が忙しいだ。毎日出歩いているくせに……」

「よくご存じで」

出歩いていることぐらいは知っていたらしい。毎日クロイツ公爵邸にいるから、犯人捜しでもしていて、ロレッタのことなど気にしてないと思っていたのだ。

「とにかく、何か選べ。買い物に付き合った礼はすると約束した」

「そうですわね……じゃあ、あれでいいですわ」

適当に目についた黄色の宝石のネックレスを指差した。

「真面目に選んだのか？」

「もうなんでもいいですわ」

アルフレードは、呆《あき》れながらも店員にそれを買うと伝えている。店員も呆《あき》れているが、さすが商売人。笑顔は崩さない。

「私は、外で待ってますから早くしてくださいね」

「好きにしろ」

ロレッタは、カランとベルの鳴る扉を開けて外に出た。

扉のガラス越しにアルフレードを見ると、ロレッタが選んだものとは別の何かを選んでいる。

買い物に付き合ってくれと言っていたから、アルフレードがこの店に用があったのだろうけど……

（エリス様への婚約指輪かしらねぇ……）

なぜか、イラっとした。

慰謝料はいらないと言ったから、高く売れるものを選べば良かったと後悔しながら、ロレッタは店の前で待っていた。

「待たせたな」

「本当ですわ」

アルフレードが店から出てくるなり、ぶっきらぼうに言う。ロレッタもいつも通りの素っ気ない反応だ。

「馬車を待たせているから、行くぞ」

アルフレードがそう言って、馬車乗り場に向かって歩き始めた。ロレッタも歩き始めると、アルフレードが歩幅を合わせている。不思議だった。

結婚してからこんな風に夫婦で街を歩くことなんてなかった。だからといって新鮮味があるわけではなく、ロレッタはただただ困惑している感じだった。

馬車乗り場に着くと、アルフレードのエスコートで会話などなく乗り込んだ。アルフレードが隣に座ると、彼が先ほど買ったネックレスを渡してきた。

「つけてやるから後ろを向け」

「えっ、ご遠慮します」

ロレッタは、それを慰謝料代わりに売ろうと思っていた。だから、箱を開けたくない。

（価値が落ちたら、どうするんですの？）

アルフレードは、怪訝《けげん》な眼でロレッタを睨《にら》んでいる。

「本当にこれが欲しかったのか？」

「ええ、まぁ……」

「だったら、後ろを向け」

威圧感たっぷりでネックレスを持って待ち構えているアルフレードを見て、仕方ないと諦めてロレッタは後ろを向いた。

首筋に回され、ほんの少し鎖が音を立てたネックレス。欲しいと思ったわけではないけど、意外と似合う気がする。

わかる。自分のことだけど、ロレッタは誰が見ても美人だ。艶のあるローズレッドの髪は綺麗だし、スタイルもいい。出るとこもちょうどよく出ていて色気もある。それなのに、下品には見えない。自分に自信のあるロレッタは、どこにいても誰もの目を引いていた。

「……似合ってる」

黄色の宝石をつまんだまま、アルフレードの言葉を聞き、一瞬だけ心臓が跳ねた。寡黙で強面のアルフレードがロレッタを褒めたのだ。それが、ちょっとだけ嬉《うれ》しい。

「……適当に選んだけど、よかったですわ」

「やっぱり適当か……今度は好きなものを教えてくれ」

そう言って、アルフレードがロレッタの手を掬《すく》い握りしめると、彼女は彼を困らせるように微笑んだ。

「ご自分でお探しくださいな」

◆◆◆

——夜。

本当に夫がおかしい。

「アルフレード様……なんで私の寝室にいるんですか!!」

前触れもなく突然やってきたアルフレードに驚いて、ロレッタは鏡台に座ったまま持っていた小瓶を引き出しにしまった。

「夫婦なんだから、同じでかまわないだろ」

「夫婦でも、寝室が別なのは不思議じゃありませんわ!!」

夜も更け、ロレッタは派手なナイトドレスに着替えを済ませて鏡台に座っていた。

寝支度を整えて、さぁ寝ようと思った時になぜかやってきたアルフレードに、怒り交じりに言う。

結婚してから寝室を共にしたことなどないのに、一体何を考えているのか。

「……アルフレード様がこちらで寝るなら、私は別の部屋を用意させますわ」

「なら、俺もそちらへ行こう」

立ち上がり部屋を出ようとするロレッタが、そう言い張るアルフレードを睨《にら》みつける。

この男だけはロレッタが睨《にら》んでも怯《ひる》むことはない。

「来ないで、くださいまし」

「嫌だね。俺がどこで寝ようと、気にしなければいい」

(くっ……この男は!! 何を開き直っているのかしら!?)

歯ぎしりするほど拳を握りしめた。青筋を額に浮かび上がらせ、口角を上げて笑顔で言う。

「アルフレード様。ちょっとそこに座ってください」

「かまわないが」

言うことは素直に聞いてくれるのに、なぜか出ていかないアルフレード。お互いにソファーに座るが、ロレッタは彼の隣に座る気にはなれずに斜め前に座る。足を組んでじっとロレッタの様子を見るアルフレードを見て、彼女はさらに額に青筋を立てていた。

「あのですね」

「なんだ？　悩みを打ち明ける気になったか？」

　悩みはお前だと言いたい。

「ええ。聞いていただきます」

　刺々《とげとげ》しくロレッタがそう言って、一呼吸置く。

　アルフレードは、真剣な眼差《まなざ》しで耳を傾けている。

「私は先日、一ヶ月後に離縁すると言いましたよね」

「それは、少し違うだろ。離縁を思いとどまってくれることになっているだろう」

「一ヶ月で犯人を捕らえれば、の話です。でも、アルフレード様には無理ですわ」

「なぜ、そう思う」

「……あなたと私が夫婦としての本来の形を成していないからです」

「それだけか？　何か隠しているのではないのか？」

　鋭いというか、鈍いというか……なんというか、尋問されている気になってきた。

　頭が痛くなり、眉間に指を立ててしまう。

「とにかく、私は離縁後には去ることになりますから、忙しいのです。明日も出かけますから、ゆっくりと寝たいのですよ。お肌が心配ですわ」

「明日はどこに行くんだ？」

「離縁後に住む邸を探そうと思いまして……お父様に別荘でも借りにいきますわ。どうせ、使ってない別荘があるでしょうから」

足を組んで毅然《きぜん》としていたアルフレードが項垂《うなだ》れた。離縁後の準備をしようとしているロレッタに困っているようだ。

「離縁の心配はしなくていい。明日の外出もやめてくれ」

「嫌ですわ。アルフレード様に、私の行動を制限する権利はありませんのよ」

項垂《うなだ》れたアルフレードが、少しだけ顔を上げてこちらを見る。

鋭い眼光に驚いて、どきりとしてしまう。この男の顔が好みなのは間違いない。ロレッタが唯一惹かれた男なのだ。

ロレッタはこの男が好きだった。……いつから好きだったのだろうか。

思わず、腕を組んで首を傾げる。

間違いなく、夜会でアルフレードを見た時にときめいたはず……改めて考えてみると、わからない。よく覚えてない気がする。この顔が好みだと確信があるのにだ。

でも、何か感じるものはあって……

「……なら、昼からにしろ。午前中は俺が出かけるから、待っててくれ」

「それこそ嫌ですわ。なぜ私がアルフレード様を待たないといけませんの？」

「昼からは二人で一緒に出かけるからだ」

「お断りですわ」

「夕食を予約しておく。そこで一緒に食べよう」

「お好きに。私を見つけられるといいですね」

アルフレードをまこうと思いながら、にこりとして言った。

「隠れる気か？」

「失礼ですわね。私は逃げも隠れもしませんわ」

「なら、見つけたら一緒に夕食をとってくれるな」

「ええ。もちろんですわ。食後のケーキも食べさせてあげますわよ」

「絶対だな」

絶対に見つけられないと考えて、にこりとしたままで言ったけど、凄むような目つきでハッキリと言われると、本当に捜し出される気がしてきた。

でもまぁ、無理でしょうと、ロレッタは自分を納得させて立ち上がった。

「どこに行くんだ？」

「お水を取りにいくだけです。もう飲んでしまったので」

「持ってこさせればいいだろ」

「アルフレード様がいるから、嫌ですわ。その間に出ていってくださいね」

意地悪を込めて言い、ロレッタは部屋を出ていった。

厨房で水差しに水を入れて部屋に戻る。アルフレードは何もかけずに、クッションを枕にしてソファーで寝ていた。

「本当に何を考えているのかしら……」

水差しをテーブルに置きながら、彼の寝ている姿を見て言う。

結婚して一ヶ月、一度も見たことのないアルフレードの寝顔。男らしい切れ長の目は閉じられていて、口は引き結ばれている。それでも寝顔も整っている。

初めて見る寝顔に胸が重くなる。自分は、ロレッタなのだ。

「お風邪を引きますわよ……」

ブランケットすらかけずに寝ている彼だが、ベッドに誘う気にはなれない。初夜すらしてない形だけの夫婦。今さら、本来の夫婦にはなれない。一度も夫婦らしくいたことなどないのだから。

起きる気配のないアルフレードに切ない想いを抱いて、ベッドの毛布を一枚取り、かけてあげる。

そのまま、同じ部屋にいるのに同衾《どうきん》することのない夜を過ごした。

◆◆◆

——翌朝。

明るい日差しでロレッタが目覚めると、アルフレードはすでにいなかった。

やっと仕事に行ったのかと思い、ロレッタは朝の支度をすませた。支度中にやってきたベラには、「朝の支度はいいから、朝食の準備をしておくように」と言って部屋から追い出した。そして、朝食をとるためにサロンに向かっていた。

すると、玄関でアルフレードを責めるエリスの声が聞こえてきた。

「どうして、今日も休むの!?　毒殺未遂事件が起こってからずっとだわ！」

「今は、ロレッタを一人にはできないし、仕事のことはエリスには関係のないことだ」

「だったら私も休むわ!!」

(あぁ、うるさいですわ)

朝から、叫ぶエリスに不愉快になる。

アルフレードにあんな風に喚《わめ》くところなど見たことなかったけど、昔から二人は一緒にいたし、なんでも言い合える仲なのだろう。

そのまま玄関のある一階に下りることなく、階段を通り過ぎて二階のサロンへと進んだ。

部屋で食べない時は、ロレッタは日当たりの良いサロンで朝食をとることが多い。

案の定サロンのテーブルには、一人分の朝食が準備してある。そして、給仕は若いメイドのシンシアただ一人。下級メイドの彼女は、気が弱くいつも暗い表情だった。

ロレッタが座るとお茶を淹れ始めるが、怯《おび》えたように手を震わせている。

鋭い目つきでそれを見ていると、シンシアは震えた手でお茶をカップから零してしまい、今にも泣きそうな顔で頭を下げてきた。

「も、申し訳ありませんっ……奥様……！」

「……あなたは、いつになっても直らないわね。それに、私は早くここを辞めなさいと言っていたはずよ。どうして、まだいるのかしら？　今からでも遅くないわ。すぐに辞めなさい。ここは、あなたには相応《ふさわ》しくないわ」

ロレッタに冷たく言い放たれて、泣きそうな顔でぐっと我慢している様子のシンシア。言いたいことものみ込んだ彼女が、テーブルに零したお茶を俯《うつむ》き加減で拭いていると、アルフレードがやってきた。

「あの……私……失礼します!!」

彼を見るなりシンシアはびくつき、俯《うつむ》きながら飛び出していった。アルフレードは通り過ぎる彼女を見ながら、テーブルに近づいてくる。

「どうした？」

「なんでもありませんわ」

「……あれは、メイドか。今にも泣きそうだったぞ。辞めさせたいのか？」

ロレッタの発言を聞いていたアルフレードがサロンの出入り口を見ながら言うと、ロレッタは冷たく言い放った。

「あの娘は、ここではやっていけませんわ」

アルフレードは、拭き残したお茶をジッと見た。そして、壁のそばにぶら下がっているサーヴァントベルの紐を引っ張り執事のレーシスを呼び出し始めた。

サーヴァントベルは、使用人休憩室に直結している。サーヴァントベルが鳴れば、執事がやってくるはずだが……

「呼んでも誰も来ませんわよ。レーシスに何かご用ですか？」

「食事をこちらに持ってこさせようと思ったが……給仕にメイドが入ること自体おかしいだろ。ここは、公爵邸だぞ」

「当然ですわね。クロイツ公爵家は、中流以下の貴族ではないし、使用人たちの給金を出し渋っている邸ではありませんからね」

給仕にメイドが入るなんてあり得ないこと。メイドが給仕をする家は中流以下か、下僕《フットマン》を雇わないような、必要経費を節約しているような家なのだ。

「いつもこうなのか？」

初めてロレッタの現状を目の当たりにしたアルフレードが聞く。いつもの無表情。でも、驚いている雰囲気も感じた。

「そうですわね。私は朝が遅いから、いつもは侍女が持ってきたりしますけど、今朝は誰かさんのおかげで、部屋で食べられませんでしたからね」

アルフレードに意地悪を込めて言うと、彼は無言で口を真一文字に引きしめた。

普段の彼は、早い時間に朝食をとる。そして仕事へと行く。でも、ロレッタはその時間に起きない。冷たい夫への当てつけでもあった。

だから、アルフレードはいつもエリスと朝食をとり、仕事に行くために二人で城へ赴く。

それを使用人一同が見送るのが、クロイツ公爵邸での朝の光景だった。

「ロレッタ……」

「なんですの？」

「もう少し早く起きろ」

「嫌ですわ。私は、ゆっくりとしたいのですよ」

「最近は、夜遊びもしてないから、今朝ぐらいの時間には起きられるだろう？」

「この時間に起きたなら、私は、部屋で食べたいのですよ。本当は、サロンに来たくなかったのですわ。アルフレード様が、こんなに早くに起きることがわかっていれば、部屋でとりましたのに……」

　ロレッタの寝室でアルフレードが寝るから、サロンで朝食をとる羽目になったのだ。ロレッタが意地悪く言うが、彼は寝室から出ていく気がなかったようで 悪いとも思ってない。

　そんな会話をしていると、やっと執事のレーシスがサロンにやってきた。

　アルフレードがロレッタの隣の椅子の背にもたれて腕を組み待っており、ロレッタは腕も足も組んで座っている。その姿に、レーシスが肩を揺らすほど驚いた。

　普段ここにいるはずのないアルフレードがロレッタと待っているなど、露ほどにも思わなかったのだ。しかも、二人ともが目つきが悪いものだから余計に驚いてしまっていた。

　それでも、長年執事をやっているからか、態度には出さない。

「レーシス。もっと早く来い。遅いぞ」

「失礼しました」

「それに、給仕にメイドが入るとはどういうことだ？」

「それは……下僕《フットマン》たちは、アルフレード様の給仕に振り分けておりますので……」

「俺は、まだ朝食をとっていないぞ。すぐにここに持ってこさせろ。客人をもてなすのはいいが、上階の人間を疎かにするな。一体この邸に何十人の使用人がいると思うんだ」

「エリス様は客人ですか？　シャムロック男爵様からお預かりしているお嬢様では？」

「そうだな……昔からの知り合いだから預かっている令嬢だ。それは、どこにでもある話だ。このクロイツ公爵邸だけのことではない」

　王都に邸のない貴族は、知り合いや王都の親戚を頼ることがある。ましてや、年頃になれば行儀見習いにでも上がる令嬢もおり、城に通うために預かることすらあるのだ。それはどこにでもある話。結婚相手を探すために、王都に来る令嬢だっている。だから、エリスが特別というわけではない。

　彼女が第二夫人になる予定さえなければ。

「部屋に食事を運ぶなら侍女の仕事だが、メイドに給仕をさせるような公爵家にするな。わかったなら、すぐにここに朝食を準備しろ」

「失礼しました」

　レーシスはアルフレードの言葉に従い、すぐに朝食をサロンに準備し始める。彼の朝食はすでにエリスと毎日とっている一階の食堂に並べられていたようで、急いで下僕《フットマン》たちが運んできた。でも……

「アルフレード様。私は一緒に朝食をとるなどと言ってませんが？」

「そうだな……だが、俺がどこでとろうとかまわないだろ」

「早く起きたのなら、食事も早くとってくださいな」

「暇だから早く起きたのではない」

朝早くから何をしているのかわからないが、レーシスを含めて若い下僕《フットマン》二人まで緊張している。

……これは、毒殺未遂事件のことを調べているアルフレードにびくついている気がする。それとも、ロレッタと一緒に食事をしていることに驚いているのだろうか。

毒殺未遂事件が起きてから、仕事にも行かずに毎日会いにくる彼がおかしいと思っていたけど、もしかしたら、本気で犯人を捜しているのではないだろうか。

……まぁ、どちらでもいい。どうせ、犯人などわからないのだから。

「ロレッタ。朝食はどうだ？」

「美味《おい》しそうに見えますか？」

ロレッタの返答に訝《いぶか》しんでいるアルフレードを気にせずに、新しく淹れられたお茶を飲んだ。いつもと違う、静かで、それでいて微妙な空気の中で朝食は進められていた。


午後になると、ロレッタは実家であるルビアス侯爵邸に来ていた。

ロレッタを迎え入れる黒服の使用人たちは、いかにもいかつい男ばかりが整列している。

前世の記憶が戻ったから、よくわかる。まるでマフィアのような出で立ちだ。

「「「お嬢。おかえりなさいませ!!」」」

「ただいま帰りましたわ」

一斉にいかつい黒服たちが頭を下げて挨拶をする。その中をかいくぐり進むのがこのルビアス侯爵邸のいつも通りの風景だった。

真っ直ぐに書斎へ行くと、そこにはルビアス侯爵が書斎机に肘をついて座っていた。予想通り、この時間はここにいた。

その書斎机の前にある椅子に、ロレッタは座った。

「本当にいつ来ても変わらないですね。いかつい男ばっかりですわ」

顔のいい男が好きなロレッタが、残念そうな表情を浮かべて悩ましげに言う。

「欲しいなら一人ぐらいやるぞ」

「私が欲しいのは、王都の街から離れた別荘ですわ。どうぞ、くださいな」

ロレッタの強面の父親であるルビウス侯爵は裏で色々やっている。ロレッタと同じ真っ赤な髪色は血のように赤い。そろそろ白髪でも生えればいいのにと思えるほどだった。

書斎でボスのように足を組んで座るルビアス侯爵に告げると、彼は書斎机の引き出しから書類らしきものを出して、あっさりと別荘を提示した。

「そうだな、テルディノス伯爵領の街の別荘ならやろう」

テルディノス伯爵領は、王都から馬車で半日以上はかかる場所。テルディノス伯爵領の中心には街もあるが、周りには静かな果樹園など農地もあったはずだ。別荘には相応《ふさわ》しいかもしれないと思う。

「ずいぶんと簡単にくださるのですね」

「ちょうどいい物件があったからな。それに可愛《かわい》い娘のためだ」

笑みを浮かべて片肘をついている父親が、あっさりと別荘をくれるなんて怪しいと思ってしまう。

「娘が可愛《かわい》いなど、思ってもないでしょう？」

「そんなことはない」

「まぁ、どちらでもいいですわ。代金はいくらぐらいですか？　娘割引きでお願いしますね」

「図々しいな。だが、金はいらん。別荘はお前にやろう」

この腹黒い父親が何の見返りもなく、ただでくれるなんて怪しさしかない。

「怪しいですわ」

「大体、お前は金があるのか？」

「アルフレード様は、私がお金をいくら使おうが興味ありませんからね。ふふふ、使い放題ですよ」

彼は、ロレッタがいくら使おうが何も言わなかった。それに、ロレッタはこの親の娘だ。投資に領地運営……それなりにお金の増やし方のノウハウはある。

「それに私だって、元手があればそれなりにお金ぐらい増やせますわ」

「金を増やす才はあってもいいが、たまには夫を頼れ。あれは、なかなかの男だ」

「……私にも、色々ありますわ。でも、お父様がアルフレード様を気に入っているなんて知りませんでしたわ」

こんな風にアルフレードを褒めるなんて少し意外だった。人付き合いがうまくても、この父親が誰かを気に入るなんてそうない。だから、反対もしないで結婚を進めたのだろうか。

「気に入らなければ、娘を嫁がせたりなどしない」

「公爵家当主だから、お気に入りなのでは？」

「私が気に入るのは公爵という身分ではない。そんな身分にしがみつかなければならないような我が家ではないからな」

それはそうだろう。侯爵はそれなりの身分だ。しかも、裏で仕事を頼まれたりしている。

父親と話しながら、ロレッタは出された別荘の書類を確認していた。

数枚ある書類を見ると、あまり大きくない別荘だ。でも、一人なら広さも敷地も十分だ。しかも、周りには邸もないような街の外れにある。スローライフにはぴったりの物件だった。

「……準備がいいですわね」

「最近手に入れた別荘だ。どう内装を替えて売りに出そうかと考えていたんだがな……可愛《かわい》い娘のためだ」

どうせ、借金の形《かた》にでもさせて手に入れたのだろうに。

「だから、そんな情ありましたか？」

「人聞きが悪いな。冷たいぞ。ロレッタちゃん」

何がロレッタちゃんだ。つかみどころはまったくない白々しい父親の言葉を聞き流しながら、書類を確認していく。そして、最後にサインをして立ち上がった。

「私にだって、情はありますわ。私は恩知らずじゃありませんのよ」

「もう帰るのか？」

「ええ。私は、今から夜まで雲隠れですわ」

「お前が帰ってきたから、我が家の家政婦長が美味《おい》しいお茶を準備しているぞ。子供の時から、大好きなクッキーも焼いているんじゃないか」

「また今度にしますわ。敵は侮れませんから……でも、お誘いいただきありがとうございますわ。みんなには、また今度来ると言っておいてくださいな」

（そうなのです。最近のアルフレード様は、私を捜し出すのですよ）

家政婦長の焼いたクッキーは美味《おい》しいけれど、自分がここにいたらすぐにアルフレードにバレるかもしれない。今日、実家に来ることを話してしまっていたのだ。

「では、ご機嫌よう」

そう言って、ロレッタはルビアス侯爵邸をあとにした。

◆◆◆

「お嬢様は相変わらずですね……でも、助けないのですか？」

ロレッタがルビアス侯爵邸を去ったあと、書斎にやってきたルビアス侯爵の秘書兼従者であるディルクが呆《あき》れ顔で言う。

「助けてくれなど、一言も言わなかっただろう？　そうは思わないか？　アルフレード殿」

ルビアス侯爵は座ったままで両手を組み楽しそうに言うと、ディルクに続いてアルフレードが書斎に姿を現した。

アルフレードは、つかみどころのないルビアス侯爵の姿に、助ける気はなかったなと、ディルクに同意してしまう。

「助けは結構ですね」

「ほら、アルフレード殿もそう言っているぞ。ディルク」

ククッと喉を鳴らすルビアス侯爵の腹黒い一面を垣間見る。

まさか、昼前にはルビアス侯爵邸へと来るとは……危うく鉢合わせするところだった。ロレッタが来たことがわかり急いで姿を隠したが、彼女はアルフレードが来ているなど露ほどにも思ってなかった。

「ロレッタは、サインをしたぞ。これで、別荘はロレッタ名義のものだ。誰が金を出しているか教えなくていいのか？　恩を着せればロレッタは感謝するかもしれんぞ」

「恩を着せたくて買い取ったわけではありませんよ……金でロレッタは買えませんから……」

別荘は、アルフレードが前もってルビアス侯爵から買い取った。どこに行くかわからないロレッタの先回りをするにはこれしかない。どうせ、クロイツ公爵家の別荘などには行かないのだから。

しかも、こんなに早く来るとは……なんで、昼食のあとまで待てないんだ。しかし……

「それにしても、おかしなことを言ってましたね」

「そんな会話してましたか？　至極普通の会話でしたよ」

会話を振り返っているアルフレードに、ディルクがこの親子はいつもあんな様子だと呆《あき》れ気味に腕を組んで首を傾げる。

「毒殺未遂事件のことも、旦那様を頼ればいいものを……」

ディルクの主人は、ルビアス侯爵。彼が言う旦那様はルビアス侯爵のことである。

アルフレードでは解決できないとでもいうディルクのもの言いに、アルフレードが腕を組んだままで睨《にら》むと、彼はしまったというように口を塞いだ。

「……解決しても、ロレッタの気持ちが離れたままなら意味はありません」

「助けを求めん者は、放っておけ」

「しかし、また毒殺事件でも起きたら……お嬢様が標的なら不味《まず》いのでは？　今度こそ真剣に狙ってくるかも……」

悠然と構えるルビアス侯爵に、ディルクが懸念を口にする。

「次はないんじゃないか？　だから、ロレッタもアルフレード殿も焦ってない。違うか？」

ロレッタを心配するディルクに、ルビアス侯爵が背もたれに身体《からだ》を預けて言った。

「俺は、休みなく犯人を捜してますけどね」

事件解決に、毎日のロレッタ捜し。何十人もいる使用人たちの聞き取りに、クロイツ公爵邸の捜索。そして何よりも　ロレッタと少しでも距離を縮めたくて、アルフレードは彼女を知ろうとしていた。

ロレッタと関わりのない使用人たちはそうでもないが、上階に上がる使用人たちはみんながロレッタに気を使っていた。それはいい意味ではなかった。

気が強くつかみどころのないロレッタは、近付きがたい雰囲気だったからだ。その一方で、幼い頃から遊びにきていたエリスには、使用人たちは話しやすかったのだろう。

だからといって、それは特別なことでもなんでもない。

使用人と仲良くすることもあるが、みんながみんな友達のようにはならない。仮に、使用人たちがロレッタと友人のようになったからといって、彼らがきちんと彼女に仕えていることにはならない。

むしろ、それが普通だ。友人をつくるために使用人を何十人も抱えているわけではない。

「では、これで失礼します」

「なんだ。アルフレード殿もお茶していかんのか？」

「まだ用事もありますし、ロレッタも捜さないと……」

「行き先に心当たりがないなら、捜すのを手伝ってやってもいいぞ？」

「結構です。行き先に心当たりがないわけではありませんから……では」

そう言って、着ている上着の襟元を引きしめる。そして、腰から下げている剣の位置を少しだけ直した。

「また、おいで」と笑顔で見送るルビアス侯爵とディルクに見送られて、アルフレードはルビアス侯爵邸をあとにした。

ルビアス侯爵邸から真っ直ぐに向かったのは、王都の街の薬屋だった。

それなりに繁盛している薬屋の店内を通過して、奥の部屋にいる友人を訪ねると、部屋は変わらず薬草や薬で溢《あふ》れていた。調合器具も揃《そろ》っており、遠心分離機に乳鉢に秤……などが置いてあった。

そのせいで、部屋は独特の薬品臭がする。彼は、このにおいが心地いいらしい。

壁の本棚には、本が隙間なく雑多に置かれている。その本棚前の机にも、書物がこれでもかと積み上げられていた。その本の間から男が一人座っているのが見えた。

彼は、アルフレードの友人であるサリマイド男爵家のロベルトだ。

「ロベルト」

「やぁ、アルフレード。どうしたんだ？　毒をやっと見つけたのか？」

眼鏡をかけ、長い茶髪を一つに束ねたロベルトが、本を開いたままで、のん気に話しかけてきた。

彼は薬師で、ロレッタが毒で倒れた時も医師の中に加わり、薬をすぐに調合してくれた。

「さぁ。わからんが、そうじゃないかと思うモノは見つけた。すぐに調べてくれ」

アルフレードが持ってきた小瓶を懐から出すと、楽しそうな表情になったロベルトが読んでいた本を閉じた。それなのに、その小瓶を見るとロベルトは呆《あき》れる。

「アルフレード。たったこれだけなのか？　それとも、残ったのがこれだけということか？」

「まだ量はあったが、たくさん持ってくるとロレッタにバレる……毒かどうか、とも疑っている」

「自信がないのか？」

「自信がないというよりも、違う気がすると思っているだけだ。ただ……見つけた場所がな……」

「自信がないなら持ってくるなよ」

ロベルトはそう呟《つぶや》くが、アルフレードが調べたところ、クロイツ公爵邸で怪しいものはこれ一つだけだった。

「毒物の反応だけならすぐにわかるが……何の毒か調べるのは少し時間がかかるぞ」

「それでいい。毒かどうかだけ、すぐに見てくれ」

それなら……とロベルトが立ち上がり、部屋にある調合道具の中から、一つの細長い紙を出してきた。

「毒物に反応する薬品を混ぜた紙だ。毒の種類にもよるが、簡単に反応を調べるならこれだな」

小瓶を開けたロベルトは　においを嗅いだかと思うと、その細長い紙を小瓶に入れた。

「怪しいにおいでもするか？」

「よくわからん。量が少ないせいか」

「量があっても、そんな異臭ではなかったな……そうだな……少し甘いにおいがしたぐらいだった」

ほんの少し紙の先を浸した部分を確認すると、色がほのかに白から薄いピンクに変わっていく。

それを、目を離さずに二人で見ていた。

「毒なのか……？」

答えを求めてロベルトに聞くアルフレード。ロベルトは、真剣な表情で細長い紙と小瓶の中身を観察している。

「違う。毒なら赤く反応する。だが、何かの薬品に反応したんだ」

「ということは……薬か？」

　小瓶と薄くピンク色に変色した紙を何度も見ているロベルトが小瓶を置くと、顎を押さえて考えながらも話し出した。

「……解毒剤かもしれない。心当たりはないのか？」

「これが解毒剤なら、毒を飲むことがわかっていたということか？」

「そうだろ。毒とセットで売ることも珍しくないし、うちでもセットで売ったりしている。毒を買った奴が、解毒剤も一緒に買った可能性もあると思うが……アルフレードは知ってたのか？」

「わからん」

　毒なら、いつまでも毒殺未遂事件のあったクロイツ公爵邸に置いておくこと自体が不自然だとアルフレードは思っていた。だから、確信はなくとも毒とは思わなかった。でも、そういう意味ではない。

「一体どこでこれを見つけたんだ？　そいつは、確実に何か知っているぞ」

「……見つけたのは、ロレッタの部屋だ」

　そう。これは、昨夜ロレッタの部屋に行った時に、彼女が何気なく引き出しにしまったものだった。

「それなら、知らなかったんじゃないのか？　誰かが勝手にロレッタ様の部屋に置いたとか……」

「小瓶を見ていた。ロレッタは、これの存在を認識しているんだ。俺が夜に部屋に行ったから、引き出しにしまった気もするし……」

寝室に行った時に、ロレッタは間違いなくこれを引き出しにしまったのだ。何気ない行動に見えるが、香水など引き出しにはしまわない。実際に、ロレッタの香水は鏡台の上に置いてあった。

ロレッタが自分で毒を飲んでいないなら、なぜ解毒剤を持っている？　毒自体はいまだ見つかってもいないのに……

毒殺されそうになったロレッタが、解毒剤を持っていることもおかしい。

何かつじつまが合わない。

それに、ロレッタはルビアス侯爵邸で恩知らずじゃないと言っていた。

「では、やはりロレッタ様は自殺しようと……」

「……違う。ロレッタは、誰かを庇《かば》っているのかもしれない」

ルビアス侯爵も言っていた。ロレッタは、焦ってないと。

確かに焦っている様子は微塵《みじん》もない。また狙われるかもしれないという考えが見られないのだ。

むしろ、以前よりも口数が増えたぐらいで、ツンとするところは変わらず安定していると言っていいほどだった。

毎日毎日、何がしたいのかもわからない。ロレッタは、つかみどころがまったくないのだ。

「ロレッタ様が庇《かば》うような相手が身近にいるということか？」

「そんな奴いたかな？　ここ数日毎日見ているが、特別誰かと接触してなかったし……」

「まさか、その庇《かば》っている相手との関係を思い悩んで自殺を……」

「絶対に違う!!　ロレッタは……」

　そんな相手がいたのだろうか。

　アルフレードは思わず、言葉に詰まる。彼には、ロレッタの気持ちも考えもわからないからだ。

「無理やり結婚させられて、早く離縁したがっているとか？　婚約期間を置けばよかったのに……」

「結婚を承諾したら、あのタヌキ親父がすぐに結婚を、と言ってきたんだ」

「ルビアス侯爵は、何を考えているのかわからない人間だからな」

「害がなければ、ルビアス侯爵の腹の内を探るつもりはない。今は、ロレッタだ」

「だから、そのロレッタ様が、今も思い悩む相手がいるんじゃないのか？　彼女は社交界の花だし、今でもよりを戻したい貴族の男たちは大勢いるぞ」

　知っている。ロレッタは、過去に何人も恋人がいた。

　先日も、アディル・ロアール次期公爵がロレッタを誘おうとしていた。街に出れば、誰もがロレッタの美しさに目を奪われるほど。

　それを、嫉妬と独占欲の入り交じった感情で見ていた自分にも気付いている。

　ロレッタは誰よりも美人で、いつも彼女の周りには男が群がっていたのだ。

　それなのに、彼女は結婚後も夜会に行くことをやめなかった。

　結婚して、まだたった一ヶ月。アルフレードは、ロレッタに夫婦の関係を押しつけることもできずにいた。口数も少ない彼女と、会話すらも成り立たなかった。

食堂で顔をあわせれば、「失礼しますわ」といって席を立ち、当てつけのように自室に食事を運ばせるロレッタ。それで、彼女の気が済むならと思っていたが……

「毒を気にするよりも、想う相手と添い遂げるために、離縁の準備を始めているとか？」

「確かに、今は離縁の準備を粛々と進めることしか考えてないように見えるが……」

「するのか？　離縁」

「絶対にしない」

ロレッタは、結婚した初日から目を合わすことすらしなかった。ずいぶんと嫌われているものだとアルフレードは思っていた。

「でも、ロレッタ様は誰にでも愛想がいいのに、どうしてアルフレードには、ああも頑《かたく》なな態度なんだろうな……よほど嫌われていたとか？」

「悪かったな!!」

嫌われている……そう思うと、気持ちが沈む。ロベルトが、「大丈夫か？」と心配気に声をかけるが、そんなことで気持ちは浮上しない。

「……ロレッタは、誰を庇《かば》っているんだろうな」

思わず、ぽつりと呟《つぶや》いた。ロレッタが庇《かば》うほどの人間ならぜひ知りたい。

彼女に庇《かば》われるだけで、それだけで価値があるとさえ思えるほどだった。

「誰かを庇《かば》っているという確信もないけどな。普段はどんな会話をしていたんだ？　何かヒントがあるかも……」

ロベルトが、落ち込んだアルフレードを慰めるように言う。

「会話など、まったく成り立たなかったぞ。毒殺未遂事件が起きてから、やっと会話らしい会話ができたんだ」

「ロレッタ様は、ツンデレかな？」

「デレなど、どこにも見たことはない。欠片《かけら》もない」

はっきり言えば、毒殺未遂事件が起きてから少し雰囲気が変わったくらいだ。だが、デレたところなど微塵《みじん》も見たことはない。どこまで嫌われているのだろうと思うと、ため息が出る。

「はぁ……ロベルト。毒の出所は、今まで通り探してくれ」

「なんの解毒剤かわかれば探しやすいから、少しは進展するだろう。どんな小瓶だったか、わかるか？」

「なんの変哲もない小瓶だった。紙を貸せ」

ロベルトが出してきた紙に、「ペンを借りるぞ」と言って、アルフレードは小瓶を思い出しながら描いた。

彼女が持っているのは、お洒落《しゃれ》で上品なデザインの物ばかりだった。

しかし、アルフレードが紙に描いたのは、なんの装飾もない地味な小瓶。ロレッタには似つかわしくないものだ。

「どこにでもありそうな小瓶だな……やっぱり特定するのに時間がかかるかも……」

何の変哲もない小瓶の絵を見たロベルトが、前言撤回と言いたげだ。

「とにかく、調査を進めてくれ。俺は、このあとまだ行くところがある」

「忙しいな」

「うるさい。それよりも、あとは頼むぞ」

今からロレッタ捜しだ。椅子から立ち上がり、ロベルトの薬屋をあとにした。


アルフレードは、ロベルトの薬屋を出てから街を一人歩いていた。

ロレッタは、街のどこかにはいる。カフェなどは先日行ったから、すぐに見つかると考えていかないだろう。だとすれば……

街の高台には、人のあまり来ない図書館が一軒だけポツンと建っている。

ロレッタが今もここに来ているのか確信はないが、隠れるにはちょうどいい場所だった。

そこにいてほしいと期待を込めて、ロレッタを想う。アルフレードには、この図書館は特別な場所なのだ。

高台の図書館に着くと、相変わらず人はいなかった。円柱型の建物に円すい型の屋根。周りには樹々や植物が生い茂っている。ここは、一人になりたい時は格好の穴場だった。

図書館に入ると、真っ直ぐに向かった先は奥の半個室。そこには、ボウウィンドウの出窓部分にたくさんのクッションを置いて居眠りをしているロレッタがいた。

たったそれだけの光景なのに、ロレッタが何より美しくて、アルフレードは目を奪われてしまう。

「いた……こんなところで居眠りしないでくれ」

無防備に寝ているロレッタ。アルフレードは、顔を押さえて項垂《うなだ》れてしまう。

（寝ている間に誰かが来たら、どうするんだ……）

見とれていたアルフレードがハッと我に返ると、ロレッタの手から本が今にも落ちそうになっていた。

アルフレードが、ロレッタが持っている本を取り上げると、本の表紙には、『お金の増やし方』とタイトルが書いてあった。窓のそばの机に積んでいる本は、この街近辺の土地について書かれている物だった。

（土地でも転がす気か……!!）

離縁後の準備のためだと悟ったアルフレードは、粛々と本棚へとすべての本を片付ける。

少しでも抵抗しなければ、ロレッタは何をするかわからない。気がつけば離縁が成立している可能性だってあり得る。離縁の二文字に、背筋がぞっとした。

アルフレードは椅子を持ってきて、居眠りしているロレッタの前に座った。物音に気付かないロレッタは、起きる気配などない。

夜もあんなによく眠っていたのに。

「……本当に、何を考えているんだ……」

寝ている彼女の前で、見張り番のように座ってそう呟《つぶや》く。

この図書館だからだろうか。ロレッタの寝顔を見ていると、昔を思い出していた。

子供の頃、ロレッタと度々ここで会っていた。

アルフレードが十二歳、ロレッタは十歳ほどだった。

エリスの父親であるシャムロック男爵は、アルフレードの父親である前クロイツ公爵とは親友と呼べるほどの仲だった。そんな男爵に連れられて、頻繁にクロイツ公爵邸に遊びにくる娘のエリスに、アルフレードは疲れていた。

幼い頃から何にも興味がなく冷めていた。そのせいか、子供らしくないアルフレードと違って、父親である前クロイツ公爵もクロイツ公爵邸の使用人たちも、天真爛漫なエリスが可愛《かわい》く映っただろう。

でも、子供らしく甘えてくる無邪気なエリスがアルフレードには理解できないでいた。

それでも、エリスが来れば一緒に遊ぶようにと相手をさせられる。子供同士なのだからそれは仕方のないことだろうが、アルフレードには苦痛だった。

いつしか、エリスが来るとわかれば、逃げるように図書館へと来ていた。街外れの高台の図書館なら、ひと気がないこともアルフレードは知っていた。

ここなら、静かに過ごせるのだと確信していたのだ。

何度も図書館に通っていたそんな時、小さなロレッタに出会った。

最初は、おかしな娘だと思った。

いつも一人で、大人が読むような分厚い本を広げており、今まで知っている令嬢と明らかに雰囲気すら違った。

子供らしくない本を、頭を悩ませながら読んでいるロレッタに、あんなものがわかるのだろうかと疑問さえあった。しかも、子供では手が届かないような本棚の上段を目指して梯子《はしご》を上り、必死で本を取っているのだ。

大丈夫なのかと、見ているアルフレードがハラハラした。

書棚の本は隙間なくギュウギュウに収まっている。案の定、彼女が必死に本を引き抜こうとすれば、バランスを崩して梯子《はしご》から落ちそうになった。

次の瞬間、アルフレードが咄嗟に彼女を受け止めた。幼い彼女は軽く、子供のアルフレードでも十分に受け止められるほどだった。

受け止めた彼女は、本をしっかりと抱いたままで、きょとんとして、目線を上げた。

『……大丈夫か？　危ない』

『大丈夫ですわ。ありがとうございますわ』

落ちそうになったのに、アルフレードの腕の上で落ちついてお礼を言う彼女。大人びた話し方に驚きながら、その場に下ろした。

『……上の方は難しい本ばかりだ。危ないから、無理して取るな』

子供が読む本ではない。そう冷ややかに言う。

『でも、読みたい本があるのです。せっかく来たのですから、諦める必要はありませんのよ』

『……意味がわかって読んでいるのか？』

『それをわかるために、読むのですよ。それに、今はわからなくても、記憶に残しておけば、いずれ、あぁ、このことでしたの、と思うこと必至ですわ』

わけがわからん。彼女が今、持っている本のうち一冊は経済の本だった。役に立つ時には絶対に忘れていると思う。もう一冊は、辞書だった。言葉の意味もわかってないものが多いのだろう。調べながら勉強しているのだと思える。

『さぁ、やりますわよ』

『ちょっと待て!!』

そう言って、拳を上げてやる気を見せた彼女が、もう一度梯子《はしご》に登ろうとするのを、力いっぱい止めた。

『たった今落ちかけたばかりだぞ!!』

『でも、まだ読みたい本を取ってないですわ』

『いいからそこにいろ。絶対に上るな』

『でも……』

『いいから上るな。取ってやるから……何が欲しいんだ?』

『カードとボードゲームの本です。ルールを覚えないとお父様に勝てなくて、困ってますの』

『カードもするのか?』

『ルールがよくわからなくて、お父様に勝てませんのよ……』

父親にカードで勝てず、落ち込んでいるところは子供らしい。強気な表情を見せる彼女は負けず嫌いなのだと思った。

『……教えてやろうか。カードやゲームはあまりしたことはないが……』

ルールぐらいなら、教え込まれている。紳士の嗜《たしな》みには、カードも必須だと言われているからだ。

『本当ですの？　嬉《うれ》しいですわ』

本をしっかりと抱いたままで、笑顔になった彼女が言う。

花を咲かせたような表情は可愛《かわい》らしく、アルフレードはほのかに心臓が跳ねた。

『では、カードを手元に隠すのはどうしたらいいんですの？』

『それは、イカサマだ!!』

心臓が跳ねたと思ったはずなのに、ものの数秒で動悸に変わる。思わず、突っ込んでしまった。

『バレなければいいと、お父様が言ってましたわ』

『やっぱり教えるのは、無理だ……』

『残念ですわ……』

しゅんとした彼女を見て、悪いことをした気分になる。教えると言って教えられないからだ。

だが、イカサマなどわからない。

『か、代わりに勉強なら教えてやれる。これでも、飛び級しているから……』

多分勉強なら大丈夫だ。そう思うと、彼女に疑いの眼差《まなざ》しを向けられた。

『今度こそ、本当ですの？』

『本当だ』

『やっぱり嬉《うれ》しいですわ』

ふふっと笑顔になる彼女が可愛《かわい》いと思えた。初めて誰かを可愛《かわい》いと思えたのだ。

そして、名前を名乗ってなかったと気付いた。

『……名前は？　俺は、アルフレードだ』

『私は、ロレッタです。でも、勉強は二人だけの秘密ですよ。お父様を驚かせてやるんです』

それから幾度となくひと気のない図書館で約束もしないまま会えば、二人で勉強をしたり本を読んだりしていた。

時には、図書館の庭に転がり二人で静かに本を読んだりして……

そんなある日。二人で図書館の芝生の上に座っていた。ロレッタは膝に本をのせて一所懸命に読んでいる。隣から覗《のぞ》くと、カードのことがびっしりと書かれているのが目に入った。

『また、カードの本を読んでいる』

『お父様に勝てないのです』

『そんなに父親に勝ちたいのか？』

『買ったらご褒美がもらえるんです』

『なんだ……ご褒美目当てだったのか……』

言葉使い一つとっても子供らしくないロレッタが、可愛《かわい》いことを言うものだと和んだ。

『はい。あの勝ち誇った顔がムカつくので、ご褒美にお父様を丸坊主にしてやろうかと……』

ロレッタの発言に、くらりと眩暈《めまい》がしそうになる。

『……父親を丸坊主にしてどうするんだよ!!』

『えっ……丸坊主にして笑ってやろうかと思ってました。でも、お父様の従者もカードが得意なのに、教えてくれなくて困ってます。だから、自分で技を身に着けようとしたのですわ』

和んだ気持ちが一瞬で消え去った。父親を丸坊主にして何が楽しいのだろうか。

そんなことに、必死になっているロレッタに困惑する。こんなおかしなことを言う令嬢なんか見たことない。

『やっぱり、寝込みを襲って丸坊主にするべきでしょうか？　でも、お父様は隙がないのですわ』

『それのどこがご褒美なんだよ……』

『でも……』

『やめろ。とにかくやめろ。それに、父親の丸坊主はロレッタのご褒美にならないんじゃないか？　ご褒美は他のことにしなさい』

『……そうでしょうか？　笑ってやりたかったのですが……』

『絶対にやめろ』

アルフレードは、会ったこともないロレッタの父親が可哀想《かわいそう》に思えた。突然丸坊主になれば、周りも驚くのではないだろうか。

しゅんとしたロレッタの頭を撫《な》でれば、彼女が少しだけ目の下を紅潮させた。

その顔が可愛《かわい》くて愛しくなり、そっと顔を近付けた――

……離れると、ロレッタの頬は薄ピンクに染められている。そっと、紅潮した頬を撫《な》でると照れた様子を見せた。

『……じゃあ、丸坊主は諦めますから、アルフレード様は一緒にお菓子を食べてくださいますか？　家政婦長が美味《おい》しいクッキーを作ってくれたのです。こっそりと持ってきましたわ』

この図書館に来ていることは誰にも秘密にしていたらしい。父親にカードで勝つために。

いや、父親を丸坊主にするために。

『いただく……食べたら本も読んでやるよ』

そう言うと、ロレッタが柔らかな笑顔を見せる。二人だけの穏やかな時間は、自分の中で一生忘れられないものになっていた。

◆◆◆

暖かい日差しの中で目が覚めた。そう思ったら、すでに外は薄暗く日差しなどない。

「図書館だから、暖かいのね……」

日差しと間違えましたわ、と思いながら顔を横に向けると、そこにはこちらを見張っているような雰囲気のアルフレードが座っていた。驚いたが、ロレッタは動揺することなく落ち着いていた。

「……もしかして、ずっと見てましたの？」

「見つけたら、寝ててずっと起きなかったからな」

ロレッタはもたれていたクッションから、頭を押さえたまま身体《からだ》を起こそうとした。アルフレードもそれに合わせて立ち上がり、ロレッタに手を差し出してきた。でも、彼女はその手を取ることはなく起き上がった。

苛立ちがこもったアルフレードの手が、悲しげに拳を握って下げられる。

「……大丈夫か？」

「ええ。でも、ここがよくわかりましたわね。秘密の場所ですのよ」

「忘れたことなどないからな……まだ、来ているとは思わなかったが、隠れるにはうってつけだ」

その発言に、発見されてしまったと頭を抱えていた手が止まる。

「……あの……」

「忘れているんだろう？　別にかまわん。昔のことだ」

一体何のことだろうと思うと、ロレッタの過去が頭をよぎった。

……そうだ。

ロレッタは、昔ここでアルフレードと一緒に本を読んだり、勉強を教えてもらっていたりしたのだ。子供の時の思い出だ。

ある日、ディルクが迎えにきた。ロレッタは、アルフレードの助言通り『お父様丸坊主作戦』は諦めたことを伝えた。代わりにワンピースにするとディルクに言えば、それならと言って、カードの勝ち方を教えてくれたことも思い出した。

大人びて友達のいなかったロレッタは、物静かでいつも優しいアルフレードが好きだった。初恋だったのだ。

でも、彼はいつの間にか図書館に来なくなっていた。あとで知ったのは、父親であるクロイツ公爵の仕事で他国へと行ったということ。そして、ずっと帰ってこなかった。

何の約束もしてないロレッタを、アルフレードが迎えにくるはずもない。

いつしか、ロレッタは幼い淡い初恋だと割り切っていた。

そして、大人になったアルフレードは公爵位を継ぎ、ロレッタと夜会で再会したのだ。

夜会で再会したアルフレードは、子供の時の面影を残しながらも、誰よりも端整な顔になっていた。どこにいても、誰もが目を奪われるほどに……

そのせいだろうか。ロレッタは、一目でアルフレードだと気付いた。

すぐさま、父親に頼んで結婚にこぎつけたけど、振り向いてくれない夫にロレッタは悩んでいた。

恋人に困ったことはない。自分から好意を寄せなくても、誰もがロレッタに近づいてくるからだ。

その中から、その時の気分で誰かを選べばいいだけだった。でも、アルフレードだけは違う。

悪女と呼ばれるロレッタと、真面目で寡黙なアルフレード。

子供の時には、確かに通じ合うものがあったはずなのに……

でも、純粋だった昔には戻れない。きっと、ロレッタは自分を変えたかったのだ。

だからといって、別人になりたかったわけではない。自分のままでいたかったから、前世の記憶を思い出したのかもしれない。

実際に、今の自分はロレッタであるし、それに対して違和感がない。でも、以前のロレッタとも違う。

そんな自分が、ロレッタを想うと悲しくなる。彼女は、意地っ張りで高慢で……いや、ワガママも過ぎた気もするけど、ロレッタはアルフレードと再会して、自分が遊んでいたことを悔いていた。

どうして忘れていたのだろうか。ロレッタはずっと覚えていた。誰にも話さずに、自分だけの大事な思い出として胸に秘めていた。

それだけは、誰にも侵されない綺麗で純粋な思い出だったのに。

毒に倒れてから、ずっと忘れていた。前世の記憶が戻ったから一時的に忘れていたのだ。

思い出せば、初恋の感覚までもが蘇《よみがえ》ってくる。胸に何かがほのかに灯る。

ロレッタが、アルフレードを好きだった理由がよくわかった。以前のロレッタでは離縁すら言い出せないほどに……


「どうした？」

切なくて、悲しげに思い出していると、アルフレードが心配そうにロレッタを覗《のぞ》き込んだ。

「なんでもありませんわ。よく、覚えてらしたな……と」

何事もないように言った。

「忘れたことなどないが……覚えているのか？」

「ええ。覚えていますわ」

「ウソをつくな。今まで、そんな素振りは見えなかったぞ？」

「気のせいですわ」

意地っ張りな性格のせいでにこりとするが、軽くついたウソを見破られてしまう。今の今まで忘れていたのに。呆《あき》れたように語気を強めて言うアルフレードに、申し訳なくなった。

「でも、見つかってしまったから、今夜の食事はご一緒いたしますわ」

本心を見せられないままで立ち上がろうとすると、薄暗いのにさらに影が差した。

図書館の半個室には、壁かけのランプの明かりが一つだけユラユラと揺れている。アルフレードから目を逸らした隙に、彼の唇がロレッタの唇にそっと触れた。

――唇が離れると、突然のことに一瞬で顔が赤くなる。

(いや、思い出せば、結婚式でもキスはしましたが!!)

「あの……」

「……覚えていたんじゃないのか？」

慌てずに不思議そうな表情のアルフレードと違って、ロレッタは声が上ずってしまう。

「お、覚えてますわ!!」

「なら、驚くこともないだろう？」

「そ、そうですわね。結婚式でも、キスをいたしましたし」

「そうではなくて……昔、ここでキスしたことは」

「……」

(すみません!!　それは、思い出していませんでした!!　思い出せ私！　しっかりするのですわ!!)

そう思いながらも、明らかに覚えてないロレッタをアルフレードが訝《いぶか》しんで見ている。

視線がいたたまれなくて、赤い顔が段々と青くなっていた。

子供の時にアルフレードと図書館で会っていたことを、きれいさっぱり忘れていた。

いたたまれない気持ちのままでアルフレードに連れてこられたのは、貴族が通うようなお洒落《しゃれ》なレストランの個室。真っ白なクロスに二人用のラウンドテーブル。瑞々《みずみず》しい装花が優雅な雰囲気で飾られている。まるで、デートを盛り上げる演出のようだが、ロレッタにはそんな感傷はなかった。

アルフレードの向かいに座っているロレッタは、順番に運ばれてくる料理を堪能《たんのう》している。

「……お食べにならないのですの？」

柔らかいステーキを一口食べて聞いてみた。アルフレードは、ナイフもフォークも持たずに肘をついてこちらを凝視している。

「いや。食べるが……美味《おい》しいか？」

「ええ。なかなかのお味ですわ」

「それは良かった」

「でも、次はもっとドレスアップさせてくださいな」

見つからないと思っていたから、地味なドレスのままだった。どうせ来るなら、それなりにドレスを整えたかった。

「それは、また一緒に来てくれるということか？」

「また私を見つけられたら、ですね」

「また隠れる気か……」

呆《あき》れ顔でアルフレードがワインを一口飲み、ステーキを食べ始める。

「誰かと会っていたのか？」

「別に会いたい人もいませんけど？」

言っている意味がわからなくてキョトンとする。昨夜、会話の流れでルビアス侯爵邸に行くとは言った。でも、すでにルビアス侯爵に会いにいっていたことは言いたくないし、報告する必要もない。別荘をもらったことをアルフレードに教えるつもりはないのだ。

ロレッタは、アルフレードの問いを気にせずにワインを飲んだ。一方、アルフレードは考え込んでいる。

「……身体《からだ》は大丈夫か？」

「ええ。毒ごときで私は負けませんけど？」

「しっかりと倒れていたじゃないか……」

ロレッタの強気な発言に、呆《あき》れ顔でさらにため息を吐《つ》いたアルフレードと、大して会話も弾《はず》まないままで食事が進み、食後のデザートが運ばれてきた。

美味《おい》しそうな淡い紫色のラズベリーメレンゲとお茶がテーブルに置かれると、給仕はお辞儀をして個室を去っていった。

最後のデザートを食べようとすると、アルフレードが声をかけてくる。

「君を見つけたらケーキを食べさせてくれる約束じゃなかったのか？」

確かにそう約束した。それは、ロレッタも覚えている。

なんでもかんでも忘れるわけではないのですと言いたい。

「でも、これは、ケーキではありませんわ」

さらりと流そうとして、淡々と言う。

「……なら、デザートを変えるか？　ロレッタが間違いなくケーキと思えるものを出させる」

「でも、テーブルがあるから手が届きませんわ」

「では、隣に行こう」

お互いが一歩も引かずに睨《にら》み合う。

しかし、約束？　をしてしまったのは、ロレッタだ。仕方なく一つのため息を吐《つ》いて、スプーンを置いた。

「……仕方ありませんわね」

意を決して言うと、アルフレードが隣に椅子を持ってきて座った。どこまで食べさせてほしいのか……

仕方なくラズベリーメレンゲを一さじ掬《すく》い、彼の口元にもっていかなければと思うと手が止まった。先ほど、この夫にキスをされたことが急に思い出される。

そのせいで、一気に羞恥を覚えて緊張してくる。

目の前には、ずっと想いを寄せていたアルフレードの素敵なお顔があるのだ。

「どうした？　手が止まっているぞ」

「顔を隠してもらえませんか？」

「どうやって、顔を隠して食べるんだよ……」

思わず、うぅ、と唸《うな》りたくなる。それでも、ロレッタは態度には出さずいつも通りに淡々としていた。アルフレードは、目を細めて呆《あき》れている。

「アルフレード様……やっぱり、ご自分でお食べくださいな」

「ここまできて何を言っているんだ!!」

声色は普通なのに、力いっぱいそう言われてしまった。

「そんなに嫌なのか……」と額を押さえて俯《うつむ》き加減で呟《つぶや》かれるけど、緊張しすぎて手が動かないものは仕方ないのですよと、自分に言い聞かせる。すると、ショックを受けたようなアルフレードがロレッタの表情に気付いた。

「……ロレッタ。もしかして、照れているのか？」

目の下の紅潮に気付かれて、バツが悪くなりアルフレードをじろりと睨《にら》んだ。

視線が交わると、彼は口元を隠して横を向いてしまう。

ロレッタは、赤面しそうな感情を抑えるために自分のラズベリーメレンゲを食べた。

酸味がありながらも、甘くて食べやすい。

「美味《おい》しいか？」

「ええ。とっても美味《おい》しいですわ。クロイツ公爵邸よりも、ずっといいですわね」

照れたことを隠すように、ツンとして言う。

ラズベリーメレンゲを作ったことはないけど、クロイツ公爵邸の不味《まず》い料理よりは自分で作った方が絶対に美味《おい》しい。……そうだ。自分で作ればいいんだ。

前世の記憶が戻る前のロレッタは、料理などしたことがないから絶対に無理だった。けれど、今は違う。簡単なお菓子ぐらいのレシピは頭にもあるし、クッキーやホットケーキだって作れる。

「クレープでも作ろうかしら……」

「は……？　料理ができるのか？」

「まぁ、そうですね」

ロレッタの一言に、驚いた表情になるアルフレード。それを気にせずに、ロレッタはラズベリーメレンゲを食べている。

「食べさせてやろうか？」

「えっ、結構ですわ」

軽くかわすと、アルフレードが眉間にシワを寄せる。でも、ロレッタである自分はそんなことを気にしない。その証拠に、ラズベリーメレンゲを食べ進めていられる。

この状況でこんな性格で良かったなぁと自分自身を心で褒めていると、また彼が話しかけてきた。

「邸で何かを作る時は、俺の分も作ってくれるか？　それを今日の約束の代わりにしてやろう」

「本当ですの？　でしたら、明日には作りますわ」

それなら、こんな恥ずかしい思いはしない。そもそも、アルフレードが今日に限って不意打ちであんなことをするから、思いのほか照れているのだ。

そうじゃなきゃ、キスぐらいで狼狽《うろた》えるロレッタではない。

アルフレードは手料理に期待したのか、デザートスプーンを取った。

「……お向かいに戻って食べないのですの？」

「ここでいい」

二人用のラウンドテーブルなのに、アルフレードは隣に座ったままでラズベリーメレンゲを食べ始めていた。

◆◆◆

――翌朝。

また昨夜もやってきて、朝になってもいまだにロレッタの寝室のソファーで寝ているアルフレード。夕食を一緒にしたのだから、就寝の時まで来なくていいと思う。

（一体何を考えているのかしらね……ソファーで寝るなんて、すっごく疲れそうだわ）

両手を腰に当てたロレッタが寝ているアルフレードを見下ろしていると、部屋の扉が開いた。

やってきたのは、ベラだった。朝の支度をしにきたのだ。平然としているロレッタと違って、ベラは、トレイにのせられたパンとミルクを持ったままで扉の前で青ざめて固まってしまった。

ベラはロレッタの派手なキャミソール仕様の真っ黒なナイトドレスと、ソファーで疲れ切った表情で胸がはだけているアルフレードを見て、動けないままだ。

「……ノックの音がなかった」

アルフレードは、人の気配を感じてゆっくりと目を覚ました。

シャツの胸がはだけて、気だるそうに起きたアルフレードはどこか男の色気がある。同衾《どうきん》の事後だと思ったのか、ベラは青ざめていたのに今度は頬を赤く染めた。

いつものようにノックをしないで部屋に入って来たベラに、アルフレードが咎めるような視線を向ける。

「ノックぐらいしろ。非常識だぞ」

「し、失礼しました」

ベラが慌てて謝るが、悪いとも思ってないだろう。

「それは、なんだ？」

ベラの持っているパンとミルクを見て、アルフレードが厳しい表情で聞いた。ベラは、彼に指摘されてハッとする。

「こ、これは……その……奥様のアーリーモーニングティーです」

アルフレードに、パンとミルクを朝食に持ってきたと言いたくないようで、慌ててベラがウソをついた。

ロレッタは、そのウソに乗っかる必要もなくベッドサイドに座り、気だるげに長いローズレッドの髪を流しながら言う。

「私は、そんなアーリーモーニングティーなんていただきませんけどね。下がりなさい。ベラ」

バツが悪くなったベラは顔を真っ赤にし、急いで部屋から飛び出していった。それを、冷めた目でロレッタとアルフレードは見ていた。

「品がないこと」

「あの侍女は、何しにきたんだ？　朝の支度もしないで飛び出していったぞ」

「さぁ、朝食でも置いていくつもりだったのではないですか？」

「いつ朝食を持ってきたんだ？」

「先ほどのが朝食ですけど？　あれで私が満足すると思ったら大間違いですわ」

ロレッタの返答に、アルフレードが呆気にとられる。

毎朝のように嫌がらせでパンとミルクを持ってくるベラ。その度に一つ一つ言われて朝食をまた持ってくる羽目になっているのに……

(懲りずに、よくやってくること……)

そう思うと、ロレッタはもう馬鹿馬鹿しいとしか思えなかった。

「アルフレード様も、早く出ていってくださいな。私は、着替えの時間ですわ」

いつもの調子でツンとして言うと、アルフレードがベッドサイドに座っているロレッタの隣に座る。

「侍女も変えるか？」

「……も？　何かお変えになっているんですか？」

「まぁ、色々と……すぐにわかる」

ふーんと怪しみながら、アルフレードを見た。寝起きでまだ髪を整えてなくて、長いローズレッドの前髪が目にかかると、彼がそれをロレッタの耳へとかける。

「……でも、いいですわ。私はあと二十日ほどでここを去りますし、正直ベラなど、どうでもいいのです」

「不愉快ではないのか？」

「不愉快そのものですよ。仕事をしない者には、私はビシバシと言いますわ。なぜ私が嫌がらせに屈しないといけないのですの？　甘んじて受け入れるほど、私はお人よしではありませんわ。ただ、ほっといてほしいくらいですのよ。……私だって、毎日同じことを言うのは疲れるんですの」

　ふんと思いながら立ち上がり、腕を組んだ。

「アルフレード様も、出ていってくださいな。それとも、私の着替えでも見たいのですの？」

　そう言うと、ムスッとした表情で立ち上がったアルフレードが、部屋から出ていこうとして足を止める。

「ロレッタ……少し変わったか？　いや、変わったというか……」

「毒殺未遂事件が起こりましたけど？」

「そういうことではなくて……いや、いい。朝食はサロンに準備させるから、支度が済んだら来てくれ。来るまで待っている」

「行かなかったらどうしますの？」

「迎えにいく」

　ロレッタは、静かに部屋を出ていったアルフレードを横目で見ていた。

（鋭いというか、なんというか……）

以前のロレッタなら、こんな風に冷静には話ができなかった。

しかも、彼は『迎えにいく』と言った。またロレッタを捜すつもりなのではと思うと、仏頂面になってしまう。

ロレッタは、アルフレードに怒っていた。それなのに、嫌われまいともしていた。

でも、性格など変えられずに、彼との間にできた溝は深くなっていた。

結婚して、クロイツ公爵邸で歓迎されてない雰囲気も感じていた。ロレッタの性格では、アルフレードに泣きつくような言い方ができなくて……

結婚していつ頃のことだっただろうか。ロレッタが腕を組み、態度悪く不味《まず》い料理だと言うと、アルフレードは怪訝《けげん》な表情を見せた。彼は、邸のことは好きにすればいいと言って、ロレッタの話など聞かなかった。

アルフレードの眉根にシワが寄ることなどいつものことなのに、結婚したばかりの、そのうえ素直な性格ではないロレッタには、それさえも受け入れがたいものになっていたのだ。

「まぁ、でも、あの寡黙なアルフレード様に甘い言葉など期待しているのが間違っていたのよね」

誰からも甘く囁《ささや》かれた言葉を、アルフレードに期待することが間違っていた。今は、毒殺未遂事件のことでロレッタを心配しているだけのことだ。

でも、胸にある空虚な気持ちがずっと消えないでいた。

動きやすい服装に着替えてサロンに行くと、すでにアルフレードが支度を済ませて新聞を読んでいる。ロレッタが姿を現すと、温かいお茶をすぐに淹れる執事のレーシス。下僕《フットマン》は、お皿にふわりとした卵をのせる。

アルフレードは、まるでロレッタへの食事や給仕を見張っているようにも見える。彼女を使用人から守るように。それ以上に、ロレッタとの時間を埋めようともしていた。

その朝食を、不思議な気分を感じながら二人で食べ始めた。

◆◆◆

「シンシア!!　あんたのせいよ!!」

「す、すみませんっ!!」

階下の使用人休憩室では、ベラがシンシアにひどく喚《わめ》き散らしていた。階下に下りる階段にまで響くほどで、階下にやってきていたロレッタの眉間にシワが寄る。

ロレッタと一緒にやってきたレーシスまでもが、眉根を寄せた。

ロレッタの朝食やお茶をシンシアに運ばせていたことがアルフレードにバレて、ベラは執事のレーシスから注意を受けたらしい。しかも、ロレッタの朝食にパンとミルクだけしか運んでいなかったこともバレたのだ。

アルフレードはあれを朝食とも思ってなかったが、黙っていればいいものを。

レーシスに注意された苛立ちをシンシアにぶつけるベラの声は、ロレッタを不愉快にさせた。

「朝も、あんたが持っていきなさいよ！」

自分の仕事でありながら、ベラはシンシアがお茶を持っていかなかったことを喚《わめ》いている。

立場も気も弱いシンシアは、ベラたちの八つ当たりの格好の的だった。

ベラは、ロレッタへの嫌がらせの一端として自分の仕事を下級メイドのシンシアに押しつけていた。メイドの中でも、立場の低い下級メイドのシンシア。彼女の仕事は、私たち階上の人間の世話ではなく、ランドリーや暖炉の掃除に薪《まき》の補充など、早起きしてからする仕事ばかりだ。

「うるさいですわ。これが、あなたたちの休憩室の風景なの？」

「「お、奥様っ!?」」

ロレッタが休憩室に顔を出すと、この場にいる何人もの使用人たちが声を揃《そろ》えて驚く。こんな階下にロレッタが来ることなどないからだ。

「ベラ。あなたは何をやっているのかしら？」

「わ、私は……シンシアが粗相したので……」

「まぁ、そうなの？　でも、誰があなたにメイドのしつけをお願いしたのかしら？　そうは思わない？　レーシス」

後ろにいるレーシスに言うと、彼はベラを睨《にら》んでいる。レーシスは真面目で立派な人間。クロイツ公爵家に長年執事として仕えている矜持もあるのだ。

その彼には、階上の人間に使用人たちの無様な姿を見られることが、耐えがたいものだった。

「失礼いたしました、奥様。ベラ、下がりなさい」

レーシスが冷静に言う。

「シンシア。あなたはまた粗相をしたの？　あなたは、しばらく謹慎よ」

シンシアは、泣きそうな様子でスカートを握りしめる。それを見たベラの口角が上がり、ロレッタは苛ついてしまう。

「……本当に品のないこと。私、下品な人間は大嫌いなの」

下品と言われて、わなわなと手が震えてスカートを握りしめるベラ。

「私は……メイドとは違いますわ……」

侍女は階上での仕事になるから、メイドとは違う。メイドよりも立場が上で、どこかプライドが高い。そのせいか、侍女であるベラは、意地悪な性格も相まってか、メイドを見下していた。

「そうね。察しも、仕事の出来も悪い侍女ね。シンシア。あなたは、すぐに自分の部屋に行きなさい。ベラも、使用人たちも出ていってくださいな。私は、厨房に用があるのですよ」

俯《うつむ》きながら逃げるように出ていったシンシア。邸の使用人は、ほとんどが住み込みだ。だから、クロイツ公爵邸では、階下に使用人専用の部屋があった。その方角から、シンシアが部屋に行く扉の開閉の音が微《かす》かに聞こえた。

ベラたち使用人は、全員がこの休憩室から肩を寄せ合って出ていく。

「やっと静かになったわ。そうよね。レーシス」

「失礼しました。奥様」

使用人の無様な姿をロレッタに見られて、さすがにレーシスが粛々と頭を下げた。

「……シンシアは、しばらく謹慎よ。意味がわかるわね？」

「部屋から、出ないように……ということで？」

「そうよ。では、厨房へとよろしくお願いしますわ」

レーシスを引き連れて、何事もなかったかのようにロレッタはそのままお菓子専用の厨房へと足を運んだ。

使用人休憩室から続く通路を進むと厨房があり、その一つ先にはお菓子専用の厨房があった。

休憩室がざわついていたことを不審に思ったのか、それとも先ほどの様子を見ていた使用人の誰かがすぐに伝えたのか……お菓子専用の厨房では、すでにロレッタが来ると恐縮していた。

「今は、休憩中なのね。ちょうどよかったわ。しばらく厨房をお借りするわ」

笑顔で言うが、使用人たちは緊張しすぎて震えている。

「ちゅ、厨房をですか!?」

公爵夫人が、しかも、悪女で悪妻として有名なロレッタがお菓子専用の厨房を借りに来たことに、料理長のバルクが驚きを隠せないで目を見開いた。

バルクもレーシスと同じで、長年クロイツ公爵邸に仕えている料理長だった。年齢は、レーシスよりは少し年下と言ったところか。中年をそろそろ超えそうな年齢の彼がお菓子専用の厨房をロレッタに明け渡すことに困惑している。

「ダメかしら？」

「しかし……今から、昼食と夕食の下ごしらえが……」

ロレッタがお菓子専用の厨房を借りる意味がわからずに、バルクは料理長らしい帽子を握りしめて言うと、淡々とレーシスがロレッタを援護する。

「旦那様の許可もいただいている。すぐに奥様に貸すように」

「わ、わかりました……」

「ちょっと待ってください!!」

料理長はしぶしぶ承諾の返事をしたが、それに異を唱えたのはバルクの息子だというトビーだった。

遅くにできた息子のようで、トビーはまだ若い青年だった。地味な顔なのに、大人しそうなバルクと違い、感情のままに大きな声で話し出す。

「ここは、奥様の来るところじゃないですよ!! なんで俺たちが追い出されるんですか!?」

「やめなさい。トビー」

バルクに止められながらも納得がいかない様子のトビーに、レーシスも「やめなさい」と重い声音で言う。

「……トビーと言ったわね」

「奥様が、俺の名前なんて知っているんですか?」

「たった今、知ったわ」

「やっぱり、俺たち使用人なんて奥様はどうでもいいのでしょう!? だから、使用人の名前なんて知らないしっ」

使用人と仲睦まじくしてないロレッタが気に入らないとでも言うように喚《わめ》くトビーに、バルクが「やめなさい!!」と必死でトビーを羽交い絞めにして止める。

そのトビーの言葉を遮るように、ロレッタが抑揚のない声音で言う。

「邪魔」

「……は？」

「邪魔と言ったのですわ。お耳が悪いのかしら？」

「何を言って……」

「口も悪いわ。私とあなたは信頼関係があるような仲ではないし、この私に、あなたのために二十四時間そばにいろとでもいうのかしら？　あなたと違って、私は忙しいのですよ」

「なんて言い方だ……」

淡々とはっきりと言うロレッタに、トビーはわなわなと身体《からだ》を震わせた。

離縁して終わり、ではない。離縁後の生活の確保だってしないといけないのに……やることはたくさんあるのだ。

（こんなろくでもない小童《こわっぱ》にかまっている暇などありませんわ）

その時、レーシスが叫んだ。彼がそんな風に怒るのは初めてだった。

「いい加減にしなさい!!　バルク!!　すぐに息子を連れ出しなさい!!　お前たちもすぐに厨房から出なさい!!」

お菓子専用の厨房にいる料理長のバルクを筆頭に、キッチンメイドたちが肩をすくめて、気まずそうに出ていき始めた。

トビーは、お菓子専用の厨房の入り口にいるロレッタの隣を通り過ぎる時、「毒婦め」と誰にも聞こえないほどの大きさの声で、憎ったらしく呟《つぶや》いて出ていった。

「毒を盛られたのは私なのですけどね」

レーシスの方を振り向くと、彼はロレッタに頭を下げる。

「申し訳ございません。奥様」

「あなたが私に頭を下げるのは初めてね。何か、心境の変化でもあったのかしら？」

「……見えなかったものが、見え始めた気がします」

「そう……プライドの高いあなたがそう言うのね」

プライドが高いことなど、ロレッタに気付かれてないとでも思っていたのか、指摘されて驚きを隠せないで肩を一度だけ揺らしたレーシス。でも、彼はロレッタに謝ったのだ。

「……シンシアの食事は、あなたが運びなさい」

「……かしこまりました」

一礼して、レーシスもお菓子専用の厨房を去る。たかだかお菓子専用の厨房を借りるだけのことに、こんなに苦労するとは思わなかった。

上階の生活があるように、階下にも生活がある。どこも、波乱に満ちているのだ。

そして、一人残ったキッチンで、お菓子作りを始めようとした。

さすがお菓子専用の厨房。かまどもあるから、パイもここで焼いているんだろう。

お菓子専用の厨房の隣にはスティルルームもあり、いつでもジャムや果皮の砂糖漬けが使えるようにいくつも置いてあった。

スティルルームも、厨房と同じで料理長が管理するもの。お菓子専用の厨房に料理長やその息子がいたということは、いずれ料理人にしようとしているトビーにここで菓子作りからさせていたのだろう。厨房をバルク、お菓子専用の厨房をトビーに管理させようとしているのかもしれない。

一種の修業の一つなのだろうけど……

（ふっ、あの不味《まず》いクッキーはあの生意気な小童《こわっぱ》が作っていたのねぇ）

そう思えば、鼻で笑ってしまう。

（誰があんな不味《まず》いクッキーを食べるものですか。私が素直に屈すると思ったら大間違いですのよ）

そう思いながら、お菓子専用の厨房を見回した。フライパンにかまど、中央の木の作業台には、たっぷりの砂糖に卵にミルク……材料も道具も豊富に揃《そろ》っている。

「とりあえず、フライパンもあるから、クレープでもパンケーキでも作れるわね」

さっそくボウルに小麦粉と卵、ミルクを入れて混ぜ始めた。

（量がよくわからないけど、適当で大丈夫でしょう）

正確な量はわからないが、生地がとろりとすれば、フライパンに入れて焼き始めるだけだ。火の加減もよくわからないが、こんなものだろうと先にかまどに火をつけた。

氷で冷やす冷蔵庫を確認すると、まだ固まってない生クリームもある。きっと今日のお菓子の材料にするつもりだったのだろう。

（ちょうどいいところにありましたわ。作るのが面倒だから、これも使いましょう）

そう思いながら、生クリームを容器ごと取り、雑多にお菓子専用の厨房の中央にある木の作業台に材料や道具を置いていった。

クレープの生地を作り、火のついたかまどにフライパンをのせる。そして、薄生地のクレープが焼けて……煙が上がっていく。

「おかしいわね……焦げているわ」

あっという間に焼けるクレープ生地を皿にのせ、次々と焼いていく。それを見て思う。

ロレッタは不器用だと。

知識はあっても、この世界には日本の便利なコンロなどない。

「文明の利器は大事なのね……でも、食べられないことはないから大丈夫でしょう」

そして、生クリームを見て思う。電動ハンドミキサーなどなく、これをかき混ぜるのかと。

（すっごく嫌ですわ）

嫌すぎて、生クリームを憎々しく睨《にら》むが、自分でやるしかない。しかし、量が多すぎて全部使う気にはならない。

ロレッタは氷を張ったボウルを置き、その上に別のボウルをのせて生クリームの一部をそこに移した。そして、かき混ぜ始めた。

作り始めて一時間以上。

（疲れましたわ。本当に疲れましたわ）

たくさんのクリームを作るつもりがなかったから分けて正解だったけど、非力なロレッタでは疲れるだけだった。

とうとう疲れ切って、もうこれでいいですわ、と見限りクレープの生地にクリームを塗っていると、お菓子専用の厨房にアルフレードがやってきた。

彼は、お菓子専用の厨房を一瞥すると、不審なものを見るように目を細めた。

「……ロレッタ……何をしているんだ？」

クリームを塗ったクレープ生地にイチゴやラズベリーを添えて巻いていると、冷たい顔のアルフレードがお菓子専用の厨房の惨状に言葉を失っている。冷たい顔なのは、彼が表情まで失っているからだった。でも、ロレッタは気にもしない。

「あら、ちょうどいいところに。できましたのよ」

「何が？」

「クレープですわ」

「紙に包まれているぞ？　何か白い物体も垂れているし……」

くるりと巻いたクレープの端から生クリームが垂れたのを見て、アルフレードが怪しげに見下ろしている。当然だ。クレープは、皿にのせてナイフとフォークで食べるものだ。

「これは、生クリームですわ。なかなか苦労しましたのよ」

クレープを差し出すと、アルフレードの手が伸びてくる。その手でクレープを取るのかと思いきや、それはロレッタの頬へと伸びてきた。

「顔についているぞ」

伸びた手がロレッタの頬の粉を拭うと、どきりとした。アルフレードだけは、口説き文句もなくロレッタに触れてくる。まるで、昔のようだった。

ロレッタは、顔や服が小麦粉を被っているかのように白くなっている。

無様な格好だとは思う。ロレッタがこんな姿になるなど、誰も考えつかないだろう。

アルフレードもそう思っている。そんな姿のロレッタは、食べないのだろうかと疑いながら上目づかいになった。

「……頑張《がんば》りましたのよ」

「食べるよ」

アルフレードがロレッタの手からクレープを受け取った。ロレッタは照れながらも少し嬉《うれ》しいと思える。

そのクレープを食べながら、アルフレードが厨房の入り口へと視線を移した。

「ティーノ。入ってくれ」

誰が来ているのかと思い、ロレッタも入り口を見ると、若くて背の高い男が「失礼します」と言って入ってきた。男は、中肉中背で筋肉質。薄いピンク色の短髪の男だった。

その男は、厨房の惨状を見て反応に困っている。

焦げが残るフライパンに、小麦粉で白くなった作業台とロレッタ。生クリームも溶けて、ボウルの周りに零《こぼ》れたままだった。

「掃除係でも、連れてきたのですの？」

逞《たくま》しそうな男を見たロレッタが聞いた。

「掃除係ではない。新しい料理人のティーノだ」

「どうぞよろしくお願いします。奥様」

クレープをまた一口食べたアルフレードがロレッタにティーノを紹介すると、彼が深々と頭を下げる。

なぜ、料理人を雇うのだろうかと疑問に思い、アルフレードを見る。

アルフレードは、無言でロレッタのクレープをまた一口かじった。まったくアルフレードの感情は読めない。だけど、端からクリームが零《こぼ》れているクレープを、よく迷わずに食べるなぁとロレッタは思う。

「あの……美味《おい》しいですの？」

「……味見はしたのか？」

「味見はしない主義ですので」

「味見はしろ」

アルフレードは、無表情のままでもう一口かじった。

これは無理して食べているのだろうか。でも、ロレッタの作ったものを批判するわけでもなく黙々と食べる姿は、アルフレードらしいのかもしれない。

嫌そうな顔して美味《おい》しいと言われれば、ロレッタは腹を立てていただろうと思えるからだ。

「でも、どうして料理人を？　人数は足りてますわよね？」

疑問に思ったことを聞くと、アルフレードが呟《つぶや》くように言う。

「本当は、もっと早く見つけるつもりだったんだよ……それなのに、毎日毎日一人で出歩くから……」

呟《つぶや》くアルフレードが、何を言っているかはよくわからない。

「はぁ？　もっとおかわりが欲しい？　それを食べてから言ってくださいな」

「違う!!」

「どんな耳してるんだ」と呟くアルフレードの手に力が入ると、クレープからクリームが零《こぼ》れそうになる。ロレッタは聞き間違いに動揺することなく、しれっとしている。

「クリームが零《こぼ》れますわよ」

「ちょっと黙ってろ」

アルフレードはほんの少し頭を抱えていたかと思うと、咳払いをして料理人ティーノの紹介を続けた。

「彼は、昨夜のレストランの料理人の一人だ。ロレッタが美味《おい》しいと食べていただろ？」

「そうですわね。美味《おい》しいお料理でしたわ」

「だから、スカウトしてきた」

「まさか、それが目的で私を毎日食事に誘っていたのですか？」

「それもある。気に入る料理を作る料理人の方がよかっただろう？」

「……レストランは、いくつも目をつけていたんですの？」

「だからなんだ？」

（毎日何をしているのかと思えば……しかも、昨晩の食事で料理人をスカウトしてくるなんて、かなりのお金を積んだんじゃないかしら？）

　何をやっているのでしょうかと、呆《あき》れてものも言えない。

「……ティーノと言ったわね？　あなたは、このクロイツ公爵家の料理人でかまわないのかしら？」

「クロイツ公爵様にお声をかけていただいて、光栄です」

「そうでしょうね」

　確かに、貴族、しかもクロイツ公爵直々に声をかけられるなんて、夢のようだろう。

　自分は去る身だけど、本人が光栄だというなら気にすることはない。

「あの……奥様」

「何かしら？」

「恐れながら一つよろしいでしょうか？」

「よろしいですわ」

「では一つ。料理をする時は、エプロンをおつけになった方がよろしいのではないですか？」

　確かに、エプロンもつけずにクレープを不器用なこの手で作っていた。

でも……

「お断りですわ。あんな地味でダサいエプロンを私がつけるはずがないでしょう？　でも、昨晩のラズベリーメレンゲは絶品でしたわ。お菓子は得意なのかしら？」

「もちろんです」

「では、私のアフタヌーンティーをお願いしますね」

にこりと笑顔でそう言うと、ティーノも笑顔で「かしこまりました」と頭を下げる。

持っているクレープをかじる手が止まったアルフレードが、木の作業台に置いてある残りのクレープを怪しげに見る。それを見たロレッタは、訴えるようにアルフレードを見上げた。

「それは、アルフレード様に作ったものですわ。それに失敗作の気配も感じますし……お食べにならないのですの？」

「別に。食べるが……一緒に食べられるものを作ってくれ」

「そう思っていたのですけど、思ったより私は不器用だったみたいですわ」

失敗と言われて、額に血管を浮き上がらせて青くなるアルフレードに、ティーノが慌ててフォローを入れる。

「だ、大丈夫ですよ！　失敗と言うほどではありませんから！」

「では、あなたが頑張《がんば》ってアレンジしてくださいな。私は、約束は果たしましたわ」

そう言って、厨房を去ろうとするとアルフレードが止める。

「どこに行く」

「着替えですわ。この姿は私には似合いませんわ」

小麦粉で白くなった姿は、ロレッタらしくない。やり遂げた感を醸し出しながら、「では、ごきげんよう」と言って、華麗に厨房をあとにした。

◆◆◆

晩餐を終わらせたあと、ロレッタはさっさと部屋へと戻っていた。食後のお茶も部屋でとると言っていたようで、部屋に持っていかせていた。

何十人もいる使用人たちの聞き取り調査を何日もかけて行ったが、ロレッタと親しくしている使用人などいなく、毒殺未遂事件に関わりのあるものは見つけられないままだった。

むしろ、挨拶をするのでさえ使用人たちは恐れおののいていた。

「レーシス。ロレッタと関わりのある使用人は他にいないか？　最近、他に新しく雇ってないだろうな？」

「雇ってはおりませんが……」

レーシスが意味ありげに考えながら言うと、ノック音と共にエリスが書斎に入ってきた。

「アルフ様！」

「どうしたんだ？　もう遅い時間だぞ」

「聞きましたわ！　ロレッタ様が、使用人たちにひどいことを……！　みんなが悲しんでいますのよ!!　ベラなんか泣いてまして……」

涙を浮かべて悲しむエリスが、しがみつきながら訴える。その彼女を引き離した。

「エリス。夜に俺のところに一人で来るんじゃない。それに、もう子供の時とは違う。いつまでも距離感を間違えるな」

「でも……私たちは、結婚する予定だったわ。今だって、そうなるはずよ。アルフ様のお父様が望んだのは、私だったのよ!?」

前クロイツ公爵であった亡き父上とエリスの父シャムロック男爵が、アルフレードとエリスの結婚を望んでいた。

でも、アルフレードは昔からまとわりついてくるエリスが苦手だった。妹なら、可愛《かわい》がっただろう。でも、周りが期待しているのは、妹でも友人でもなかった。

アルフレードは、何度も父親にエリスを勧められたが受け入れられなかった。

彼女とは幼心にも婚約をしようとは思わなかったのだ。そのうち、クロイツ公爵邸にアルフレード目当てで頻繁に遊びにくるエリスが嫌になり、いつしか外に逃げるようになっていた。

それを察したアルフレードの父親も、エリスとの婚約を無理に進めることはなかった。

アルフレードの父親は息子であるアルフレードの性格を見抜いていたのだ。いずれ婚約破棄でもすれば、エリスに傷がつくとでも思っていたのだろう。

そんな父親の一抹の不安のおかげで、幼い頃からの婚約者にはならなかった。だが、周りからは、いつも一緒にいるエリスが婚約者になるだろうと思われていた。

実際に、成長するにつれて婚約を申し込んできた家も多かったが、父親はすべて断っていたのだから。

そんな子供時代に、ロレッタとあの図書館で出会ったのだった。

「エリス。俺がなぜ幼い頃から、君と婚約しなかったのか考えろ。エリスとの結婚は考えられなかったからだ。シャムロック男爵やエリスが望んでも、俺は、結婚相手は自分で決める。第二夫人も必要ない。シャムロック男爵にも、そう手紙を再度出した」

何度も父親との約束だと言って、結婚を申し込んでくるシャムロック男爵。でも、受け入れられない。なら、せめていい相手が見つかるように、王都に滞在させてほしいと頼まれた。

その期限は六ヶ月。

六ヶ月だけ耐えれば、この煩《わずら》わしさから解放されるはずだった……

怪訝《けげん》な面持ちで眉根を寄せるアルフレードに、エリスは気にもしないで涙目で訴える。

「だからといって、ロレッタ様が使用人たちをいじめていいわけがありませんわ。私は、クロイツ公爵邸のみんなのことを考えて……」

「使用人たちのこととは、今日の休憩室や厨房での出来事のことか？　それなら聞いている。ロレッタに、身をわきまえぬ発言をしたそうだな」

「ひどいわ、ロレッタ様……アルフ様に、自分のいいように言いつけたのね」

「ロレッタは、いちいち言いつけにきたりしない」

そうだ。ロレッタは、誰かに泣きつくことなどしない。以前からそうだった。

それがひどく気高くて……

「でも、部屋にいなかったわ。……ここにいないの？」

涙を拭きながら、エリスが言う。

「部屋にいない……!?」

彼女の発言に、思わず椅子から音を立てて荒々しく立ち上がった。

「いなかったわ……ここに来ていないなら、きっとどこかに遊びにいったのね。アルフ様に、迷惑ばかりかけて……って、アルフ様!?」

不《ふ》貞《て》腐《くさ》れたように話していたエリスは、アルフレードが部屋を飛び出そうとしたことに驚いた。

彼は部屋の扉に手をかけたかと思えば立ち止まり、エリスに振り向いた。

「エリス。俺は、ロレッタを守る。何に変えてもだ」

「ウソよ……アルフ様がそんなことを言うなんて……」

アルフレードが誰かを守るなど、それも女性に執着するなどなかった。エリスが、そんなわけないと思っても、長年一緒にいたアルフレードが冗談一つ言わないことも、エリスはよくわかっていた。

「なら、私はどうなるの……」

エリスが、弱々しい声音で言う。

だからといって、アルフレードはエリスの気持ちには応えられない。今までも、これからも。

アルフレードは、何も言わずに出ていこうとした。

「待って、行かないでっ……!!」

エリスが引き留めようとしても、アルフレードは振り向くことはない。彼は、急いでロレッタを捜しにその部屋から飛び出した。

玄関ホールを確認すると、施錠はしっかりとされている。今夜は来客の予定も外出の予定もないから当然だった。では、ロレッタはこのクロイツ公爵邸の中にいるということだ。

アルフレードは、クロイツ公爵邸の中を捜し回った。

サロンも図書室も居間にもいない。あちこちの部屋を捜すがどこにもいないのだ。

階下の厨房にお茶でも取りにいったのかと思ったが、そこにもいなくてアルフレードは愕然とする。

その時、使用人の部屋の方角から扉の開く音がした。

(こんな夜に誰だ?)

ひっそりとした開閉の音を怪しんでいると、住み込みの使用人たちに貸している部屋から出てきたのはロレッタだった。

驚いた。人目を忍ぶように出てきたロレッタに目が釘付けになってしまう。

使用人の部屋は、男性用と女性用のエリアに分かれている。その女性用のエリアの扉を開けて出てきたのだ。

ロレッタは、確認するように辺りを見回している。そして、そのまま何事もなかったように部屋へと戻っていった。

初めて目の当たりにしたロレッタの怪しい行動。何も言わない彼女に、アルフレードは焦燥に駆られていた。

◆◆◆

ベラは、不《ふ》貞腐《てくさ》れたように夜の支度をして、必要最低限の挨拶をしてさっさとロレッタの部屋から出ていった。

真っ赤なナイトドレスを着てソファーに座っているロレッタの前のテーブルには、今日の失敗作のクレープを重ねたケーキが置かれていた。

今日のアフタヌーンティーには、新しい料理人ティーノがロレッタの失敗感満載のクレープをアレンジして、クレープのケーキにしたものを出してくれたのだ。

その残りを部屋へと運ばせており、今そのクレープのケーキを食べていた。

「失敗かと思いましたが、まぁまぁいけるわね」

さすが、私ですわ。と自分で自分を褒める。

それに、やはり料理人が作ったクリームは、ロレッタが混ぜたものよりもしっかりとクリームの形になっている。でも、焦げたところは切っているのか、ケーキの大きさが多少は違った。

その時に、ノックの音がした。アルフレードがいつものように来たのだ。

「ロレッタ。入るぞ」

　嫌だと言っても入るくせに、と思いながらお茶を飲んだ。

「……ケーキを食べているのか？」

「アフタヌーンティーの残りですわね。美味《おい》しくアレンジしていたので、残りを部屋に置いておかせたのですわ。アルフレード様もお食べになりますか？」

「いただく」

「どうぞ。お茶もありますわよ」

　クレープのケーキをお皿にのせてアルフレードに出すと、彼は残ったクレープのケーキをじっと見ていた。クレープのケーキは、半分も減っている。

「一人でこんなに食べたのか？」

「……いけませんか？　それにアフタヌーンティーの残りですから、ワンホールではないですよ」

　カットしたクレープのケーキをのせたお皿を受け取りながら、彼が斜め前に座った。

「新しい料理人は気に入ったか？」

「ええ。このクレープのケーキも美味《おい》しくしてくれましたからね」

「そうか……」

　無表情なアルフレードが少しだけホッとした雰囲気を出して、クレープのケーキにフォークを刺して食べ始めた。お茶を飲むのも静かだ。

　そして、食べ終わると静かに話し始めた。

「……さっきはどこに行っていたんだ？」

「ずっとここにいましたわ」

「エリスが、来たらしいぞ。俺が来てもいなかった」

「そう……エリス様が……」

余計なことばかりする女。本当に癪《しゃく》に障る。

今日のことを、行儀見習いから帰宅して聞いたのだろう。それで、また使用人の不始末の謝罪だとでも言ってきたのだと予想がつく。

「邸中を捜した。一体何をしていたんだ？」

「何も。それともどこかで私を見たのですか？」

「俺がどこを捜して、どこで見つけたかを確認してから言うつもりか？」

こういう時だけは鋭い。はぐらかそうとしているのに、お互いが誘導尋問している気になる。

それでも、ロレッタは慌てるような性格ではなかった。

「アルフレード様が気にすることでは、ありませんわ」

ロレッタが、お茶を一口飲んで言う。

「……階下で何をしていた？」

（そこで見たのですね……本当に邸中捜していたのだとわかるけど……）

ほんの小さな用事。いや、用事と言うほどのものでもない。

でも、アルフレードは真剣に犯人捜しをしている。

このままだと、彼と対立することになるのだろうか。胸に微《かす》かに棘《とげ》が刺さったような感覚に陥る。

だからと言って、やめるわけにはいかない。アルフレードに言えない秘密だってあるのだ。

「お茶を取りにいっていただけですわ。アルフレード様も、今飲んでいらっしゃるじゃないですか」

何事もない声音で言いアルフレードを見ると、冷たい顔が切なく見えた。

彼は、ロレッタのウソを見抜いているんだろう。でも、言えない。胸がちくんとして、視線を逸らしてしまう。

「……まだ、寝支度をされていないようですけど、今夜はご自分の寝室で寝てくださるのですか？」

「今夜も、ここで寝る」

「毎晩ここにいらしても、ベッドには入れませんわよ。私たちは、離縁するのです」

「俺はしないと言った」

「犯人をまだ見つけられてないのにですか？」

「見つければいいと思っているわけではない。そんなことで、ロレッタが離縁を思いとどまってくれるとは思ってない。……それに、ロレッタは本当に犯人を見つけてほしいのか？」

一瞬言葉に詰まった。アルフレードが、真剣な眼差《まなざ》しで言うからかもしれない。

「……わかりませんわ。でも、私は犯人などどうでもいいのです」

「誰に毒を盛られたか知っているのか？」

「いいえ。でも、それをアルフレード様が捜すのが約束ですわ」

立ち上がってそう言うと、アルフレードがロレッタの手首をつかんでくる。まるで、離縁したがっているロレッタを引き留めているようだった。

ロレッタの隠し事に気付いて、切なく思い、それでいて怒っている。

それなのに、アルフレードが力任せに引き寄せてきた。そのまま、彼の胸に倒れてしまう。身体《からだ》を起こそうにも、腕の中に押さえ込まれて、ただ彼の胸にもたれた。

心臓の音が少しだけ聞こえる。

「……そんなに、言いたくないのか？　そんなに、嫌うか？　これでも、ずっと我慢しているんだぞ」

「私だって、耐えましたわ。そんなに私が我慢ならないなら、約束など捨て置いて今すぐにでも離縁なさってください」

「そういう意味ではない。俺は、ロレッタが――」

その時、廊下を慌ただしく走る音が聞こえた。レーシスの名を叫ぶ声もする。

「レーシス様!!　大変です!!　助けてください!!」

その叫び声に、アルフレードの切ない言葉は遮られた。

異様な空気を廊下から感じたままで、お互いに顔を見合わせると緊張感が走る。

アルフレードの言葉の先も気になるけど、外の様子も気になる。

「……一体なんだ？」

この時間なら、おそらくレーシスはクロイツ公爵邸中の施錠の確認をして見回っていたのだろう。

メイドたちは、明かりを落としに回っていたはずだ。

そのレーシスを、階下にいたメイドが血相を変えて呼びにきている声が部屋にまで響いていた。

不審に思いながら、ロレッタとアルフレードがもう一度顔を見合わせる。

「……少し見てくる。ここにいてくれ」

軽く頷《うなず》くロレッタを離し、アルフレードが廊下を開けると、レーシスたちが走り去っていった。

彼らは、血相を変えて階下へと向かっていた。それに続き、ロレッタとアルフレードも階下へと急いだ。


階下にある使用人部屋の女性用エリアには人だかりができていた。

「道を開けろ」とアルフレードが言いながらそのざわつく中をかいくぐっていくと、一つの部屋の前にはさらに人だかりができている。

部屋の中からは、メイドの叫ぶような声が聞こえた。

「しっかりして!!　今お医者様を呼んだからね!!」

そんなメイドの一人の声が響く部屋に顔を出すと、ベラがぐったりとして倒れている。口からは泡を噴いていた。

「一体何がっ……!!」

そう言ったレーシスは、驚愕して立ち尽くしている。

わかる。これは、毒だ。

メイドは、「しっかりして」と言いながら、ベラの身体《からだ》を抱いている。でも、それが適切な対応ではなくて、その様子を見たロレッタはメイドを止めた。

「身体《からだ》を揺らしてはダメよ！　ティーノ！　厨房からミルクを持ってきて!!」

「は、はい!!」

毒なら、身体《からだ》を揺らせば回りが早くなるかもしれない。

それに、ミルクには胃を保護する作用がある。毒の吸収も少しは抑えられるかもしれない。

そのために、人だかりの中から姿の見えたティーノにそう叫んだ。彼は、言われるがままに慌ててその場を飛び出した。

「離れるのよ」

「お、奥様……っ」

心配で取り乱しているメイドをベラの身体《からだ》から離して、気道を確保するために自分の肩にかけていたショールをグルっと巻き、ベラの肩の下に敷いて彼女の顔を横に向けた。嘔吐物で窒息させないためだ。

それと同時に、アルフレードが懐から何かを出した。

「すぐにこれを飲ませろ!!」

アルフレードがベラに小瓶の液体を飲ませようとするが、ピクピクと痙攣《けいれん》するベラに意識はない。

解毒剤？　中和剤？

どちらかわからないけど、足りないかもしれない。少なくともロレッタが持っていた小瓶ではない。小瓶一つ分の量をアルフレードが持っているはずはないし、あんな量ではなかった。

でも、解毒剤ではなくて中和剤なら、回復しないかもしれないと懸念する。

ロレッタは立ち上がって部屋を出ようとすると、トビーが両手を広げて塞いだ。

「どこに行く気だ！　こんな時に部屋から出ようとするなんて怪しいぞ!!」

「……本当に邪魔。お退《ど》きなさい！　あなたにかまっている暇はないわ!!」

「逃げる気か!?　ベラさんに毒を飲ませたのは、お前だな!!」

トビーを大声で叱りつけるが、生意気な彼は引かない。

「あんたは、ベラさんを嫌っていた。辞めさせる気だったんだろ！　今日もみんなの前で、恥をかかせて……!!」

「本当にうるさい……！」

「なんだと！　毒婦め!!」

低く冷たい声音で言うと、トビーは余計に腹を立ててロレッタに向かって飛びかかってきた。

「ロレッタ!!」

その瞬間、ロレッタが鋭い目でトビーを避けようとして足を後ろに下げた。と同時に、後ろへ倒されるようにアルフレードに引き寄せられた。

目の前のトビーは、レーシスとバルクが急いで止めようとした。

「「キャアァ!?」」

「トビー！　やめなさい！」

使用人たちの女性が叫ぶ中で、レーシスたちがトビーを押さえた。

周りの下僕《フットマン》たちもトビーが飛びかからないように、レーシスたちを援護していた。

「その小僧を下げろ!!　部屋から出すな!!」

アルフレードが、ロレッタを隠すように怒気を放って叫んだ。

「す、すみません!!　旦那様!!」

バルクは青ざめ、トビーを押さえたままで震えながら謝る。

「お前もだ!!　バルク!!　ロレッタに近づくな!!」

「ひっ……!!」

「下僕《フットマン》たちで、二人を部屋に押し込んでおけ!!」

いつも落ち着いていて冷静なアルフレードの見たこともない形相に、みんなが怯《おび》えた。

「何をしている!?　さっさと動くんだ!!」

アルフレードの剣幕に、この場の誰もが足をすくませ動き出せないでいると、さらに彼が叫んだ。

「レーシス!!」

「は、早く旦那様の指示通りに!!」

「「は、はい!!」」

アルフレードの憤怒にレーシスがやっと動きだすと、下僕《フットマン》たちが喚《わめ》くトビーを引きずりながら連れていく。

「ちくしょう!　お前なんか早く出ていけ!!」

アルフレードの腕の中からベラを見ると、彼女は生きている。

多少の痙攣《けいれん》はあるものの、顔色は先ほどと違い赤みが差し始めている。酸素が足りていると思われる。それなら、痙攣《けいれん》も数分で落ち着くだろう。

アルフレードを見上げると、見たことないほどの恐ろしい形相をしている。その視線の先には、連れていかれるトビーを呆然と見つめる顔面蒼白なエリスの姿があった。

ロレッタたちが来る前に、幾人もいる下僕《フットマン》の一人がすでに医者を呼びにいっており、しばらくすると彼らはやってきた。

先ほどの騒ぎで、アルフレードはレーシスだけをベラの部屋の前に残して、すべての使用人を部屋に帰らせた。部屋から出ないようにと言いつけて。

アルフレードの剣幕を目の当たりにした使用人たちは、彼を恐れながら、すぐさま部屋へと戻った。

ベラの部屋では、医師と薬師が彼女を診ている。

ロレッタとアルフレードはベラの部屋に残ったままで、それを部屋の隅で見ていた。

ナイトドレス姿のままだったロレッタは、アルフレードの上着をかけられている。

無言でロレッタの肩に手を回したまま彼女を抱き寄せている彼は、ずっと怒っているままだ。

ロレッタはこんなアルフレードを見たこともなかったし、彼にこんな激情があるなど知らなかった。まるで、ロレッタを守っているように、ずっと離さないのだ。

アルフレードを見つめていると、ロレッタの視線に彼が気付いた。すると、少しだけつり上がった彼の眉が元に戻った。

「アルフレード様……薬を持ち歩いていたのですの？」

「あれは……」

アルフレードの腕の中で顔を見上げて聞くと、彼は言いにくそうに口を開く。

そんな彼をフォローするように、薬師のロベルトが話しかけてきた。

「あれは、中和剤入りの解毒剤ですよ。ロレッタ様の事件が起きてから、俺が作った薬をアルフレードは懐に入れてお持ちになっていたんです」

「毒をお調べになっていたのですの？」

アルフレードに聞くと、まだまだお怒りのようだが一言だけ言う。

「護身用みたいなものだ。何があるかわからないからな」

何の毒が使われていたのか……ある程度は調べているのだろう。

ロレッタは確信した。またロレッタが毒を盛られることを恐れて、アルフレードはいつも持ち歩いていたのだ。どこにいてもすぐにロレッタを救えるように。

「でも、同じ毒なのね……」

その薬がよく効いているということは、ベラが服毒したものに合っていたということ。ベラの飲んだ毒とロレッタの飲んだ毒が同じなのだ。

アルフレードは、ロレッタが飲んだ毒を調べて、それに合った解毒剤を護身用のように持っていた。中和剤入りなのは、毒が違ってもそれなりの効果を期待するためだ。

アルフレードはロレッタを助けようとしている。でも、ロレッタは助けが欲しいのではない。

「その侍女の容態はどうだ？」

考え込むロレッタを抱き寄せたままで、アルフレードが医師に視線を向けた。

「大丈夫ですよ。おそらく飲んだ量も少なく、すぐに中和剤入りの解毒剤を服用したことが良かったのでしょう。痙攣《けいれん》していたのも、一時的なショック状態だったと思われます」

医師が洗面器で手を洗い、拭きながらそう言った。

「では、もう大丈夫なのね」

「ええ。奥様の時よりも早く目が覚めると思われます」

（なら、大丈夫でしょう。私も元気ですし）

ロレッタは、翌日には目覚めた。それ以降も、何の異変もない。おかしいほどに。

「ロレッタ。先に部屋に帰っていろ」

アルフレードが、抱き寄せたロレッタの肩に力を入れて言う。

「そうしますわ。こんな深夜まで起きていれば、お肌が心配ですわ。これでお肌が少しでも荒れれば、この女たちのせいですわね」

「ちょっと黙ってろ。それと、部屋から出るなよ」

「私は、今からお休みですわよ？」

アルフレードの腕から離れて上着を返そうとすると、彼の男らしい手がロレッタの手に重なる。

その手を彼が名残惜しそうに止めた。

「それは、着ていろ」

「別に寒くないですわよ？」

「そういうことじゃない」

（何が嫌なのかしら？）

じろりとアルフレードを見上げると、眉のつり上がった真剣な顔そのもの。

そういえば、以前も医者の前で、ナイトドレスでいたことに不快感をあらわにしていた。まさか、この素っ気ないアルフレードがロレッタの姿を見られまいと独占欲を出しているのだろうか。

思い返せば、ロレッタが出かける度に、『また男と会うのか』などと、アルフレードは言っていた。まさかの嫉妬だろうか。

顎に指を立てて少しだけ悩むが……

「まぁ、どっちでもいいですわ。私は、もう用はありませんから、おさらばしますわ」

「あとで、部屋に行く」

「結構ですわ。では」

不《ふ》貞《て》腐《くさ》れたアルフレードを置いて、ベラの部屋をあとにする。ロレッタは誰もいない静かな廊下を進み、寝室へと戻った。

◆◆◆

翌朝から、クロイツ公爵邸は、なんだか慌ただしくなっていた。

アルフレードは、朝からエリスのところへ行き、そのまま城へと行ってしまった。

「しばらく仕事は休むと言っていたのに、エリス様と一緒に仕事へ行ったのね……」

昨夜の事件で、顔面蒼白になったエリスを心配でもしていたのだろうか。

今さら、アルフレードのことで嫉妬しているのかはわからない。でも、ロレッタはそれを気にしている自分にも気付いている。だからといって……

「行くなら、私を邸に閉じ込めないでほしいわ」

そう。なぜかロレッタの外出は禁止されており、クロイツ公爵邸の玄関には下僕《フットマン》やメイドたちが交代で立ち、ロレッタが外出できないようにされていた。

この様子では、クロイツ公爵邸のすべての出入り口に、見張りを立たせているのだろう。

(いつも通り、ゆっくり寝るんじゃなかったですわ)

外出しようとしたのに、アルフレードに先手を打たれてしまいムッとしてしまう。

玄関ホールに行き、玄関を守るように門番になっている下僕《フットマン》二人の前で腕を組んで言う。

「そこを通してくださらない?」

「旦那様から、奥様は絶対に邸から出さないようにと、言いつかっておりまして……」

ロレッタの迫力に気おされる下僕《フットマン》の一人が、言いにくそうに言う。

「そう……でも、私は行きたいところがあるの」

困りながらも絶対に通してくれない下僕《フットマン》。部屋の窓からも見えたが、今も周りを見れば、玄関ホールから外へ向かって何度も行きかう使用人たちがいた。

「外では何をやっているのかしら？」

なぜか慌ただしい外の様子を聞くと、下僕《フットマン》二人はお互いに顔を見合わせてしぶしぶ話し出した。

「その……旦那様から、エリス様を庭の別邸に移すと言われまして……」

「エリス様を？」

「数人の使用人たちも移動を命じられました。今朝は、そのために忙しくしております」

今も、玄関ホールを荷物を持って通り過ぎる使用人たち。エリス寄りの使用人たちが慌ただしく運んでいるのは、彼女の荷物らしい。

視線を向ければ、目つきの悪いロレッタから顔を背けられる。

「……移動するのは、エリス様寄りの使用人たちね。彼女を可愛《かわい》がっていた……」

素直に頷《うなず》いていいのかと困惑気味の二人の様子を見て、ロレッタの言ったことは間違ってないと確信する。

アルフレードは、きっと一ヶ月も経たずに事件を解決するだろう。ベラたちが、余計なことをしたばかりに……

「あなたたちの名前はなんというの？」

玄関でロレッタの外出を見張っている下僕《フットマン》二人に名を聞くと、驚いて恐縮するも名乗った。ロレッタに名前を聞かれるなど、予想もしていなかったのだろう。

「ジュノです」

短く明るい茶髪の下僕《フットマン》が答える。明るい茶色の瞳も大きく、少しだけ童顔だ。

「マークです」

もう一人は、細い目尻に紺色の瞳。髪も紺色で肩ほどの長髪を後ろで一つに結っている。

「そう……覚えておくわ。それで、二人に頼みたいことがあるの」

「「は、はい!!」」

もうあまり時間はない。

(私は、私のやるべきことをしなければ……)

——二人の若い下僕《フットマン》ジュノとマークは、ロレッタの頼みを快諾してくれた。

ロレッタが離縁すれば、ここでの生活も、事件も終わりだと思っていたけど、違うのかもしれない。

ロレッタはスローライフを楽しめばいいと考え方を変えたのに、周りが暴走している気がしている。

一ヶ月、ロレッタは何もする気はなかった。何も動くつもりがなかったのだ。それなのに、ベラたちのせいで事態が急速に動き始めてしまった。

「本当に邪魔だわ……別荘が無駄になったらどうするんですの。せっかくタダでもらえたのに」

そう呟《つぶや》きながら部屋へと戻り、急いで手紙を準備した。すぐにジュノとマークのどちらかに持っていかせなければ……そう焦りながら、書き進めた。

そして、その日。アルフレードはクロイツ公爵邸に戻ってこなかった。

◆◆◆

――翌朝。

使用人たちが朝の仕事を慌ただしくしている時間帯に、ロレッタはこっそりと使用人部屋を訪ねた。

こんな時間帯になったのは、アルフレードのせい。夜間も、使用人たちが寝ている時間帯にも見張りを立てており、ロレッタがこっそり出入りできなくなっていた。

しかも、ベラが余計な事件を起こしたせいで、アルフレードや医師や薬師がいたから、使用人部屋の女性用エリアは、なんだかんだと人の出入りがあったのだ。

本当にくだらなくて、余計なことばかりしてくれる。

そして、この時間の見張り番はあの下僕《フットマン》ジュノとマークの二人。

(ナイスガイと呼んでおきましょう。今だけですけど)

――用事を済ませて一つの使用人部屋を出ると、使用人エリアの入り口が騒がしい。

嫌な予感がする。また使用人が、ロレッタがベラを毒殺しようとしたと騒いでいるのかもしれない。

どうも、ここにいることがバレている気がする。まだ、バレるつもりはなかったのに……

仕方ないと思いながらも、苛立つものはあった。

「いけません！　ここから先は、女性用の使用人部屋です。男性は入室禁止です。それに、奥様はこちらにはおられません!!」

いや、そこは庇《かば》わなくてもかまいませんのに……なかなか使える下僕《フットマン》かもしれないと感心する。

でも、庇《かば》う必要はない。

(見つかりたくはないけど、私なら、大丈夫ですのに)

「ウソをつくな!!　ここに、ロレッタ・クロイツ公爵夫人が入ったのを見た者がいるんだ!!　いないなら、すぐに部屋から呼んでもらおう!!」

(失礼な使用人ね……私を誰だと思っているのかしら?)

力強くガサツな声色に苛ついてしまいながら、使用人部屋エリアの扉のドアノブに手をかけた。

ジュノとマークが、必死でロレッタを隠そうとする中で、扉が音を立てて開かれた。

「だから、奥様は……!!」

「いいのよ。ジュノ。マーク。私は逃げも隠れもしません」

使用人部屋の女性用エリアの扉を堂々と開けて出てきて、下僕《フットマン》二人を制した。

ロレッタは、いつも堂々としている。こんな時でも。それは、今も変わらない。

使用人たちが、ロレッタを吊《つ》るし上げようとしているかと思いきや、そこにいたのは犯罪を取り締まる警騎士たちだった。しかも、五人いる。

「お、奥様っ……!!」

ジュノとマークが、今にも謝りそうな様子でロレッタに寄ってきた。

使用人たちが騒いでいるのかと思っていたのに予想と違う。

ロレッタを捕らえにきたような構図に、隠れていたと思われているロレッタが、あまりにも堂々と出てきたものだから、警騎士たちは目を見開いて驚いている。

ロレッタも、内心思っていたのと違った。驚きましたわ、と思ってしまう。その場を冷や冷やしながら遠巻きに見ている使用人たちもだ。

ジュノとマークは「どうして出てきたんですか!?」と言いたいのに言葉を失っている。

それもそのはず。こっそりと二人に見張り番を頼んでまで来たのに、ロレッタがこれでもかというほど堂々と出てきたのだ。

堂々とするところを間違っている気がする。でも、大丈夫。

（私はそんなことは気にしません!!）

「ふっ……何のご用かしら？　誰の許可を得てここにいるのかしら？」

腕を組んで、いつものように高飛車で高慢な態度で、警騎士たちを見下ろすように言った。

「ロ、ロレッタ・クロイツ公爵夫人だな？」

「声が上ずっていますわよ」

わかっている。隠れているかと思っていたロレッタの登場に驚いているのだ。

（私も、使用人ではなくてあなたたちがいて驚きましたから、おあいこですわ！）

「……っクロイツ公爵夫人に逮捕状が出ている!!　同行を願おう!!」

「逮捕状？　一体なんの逮捕状ですの？」

「侍女殺害未遂のだ!!」

「くだらない。証拠はありませんわね」

呆《あき》れたよう一掃して言うと、警騎士の一人は不愉快そうに顔を歪《ゆが》めた。

「侍女の事件が起こった時間帯に、クロイツ公爵夫人がこの使用人エリアから出てきたのを目撃されている!!」

誰にも見られてないと思った。だから、安心していたけど、どうやら違ったらしい。

そして、警騎士が来たということは、エリス寄りの使用人に見られたのだろう。

チッ……と舌打ちしたくなる。

「そう……お話が聞きたいのかしらね」

「そうだな。事情聴取で事件を明らかにしてもらおう。抵抗するなら、こちらもそれなりの対応をさせてもらう！」

「……そうね、私も馬鹿馬鹿しいことに巻き込まれてうんざりしてますのよ。少しだけなら、静かなところに行ってもかまいませんわ。それとも、今、何の武器も持ってない私が抵抗しているように見えるのかしら？」

不敵な笑みで両手を広げた。

私は、無実ですよという意味も込めているが、警騎士たちには抵抗なしとだけ伝わったようで、ロレッタの周りを取り囲んだ。

「では、ご同行願おう」

「ええ。かまいませんわ。この一度だけなら、下手くそなエスコートに付き合って差し上げますわ。大サービスですわよ。でも、一度だけですわ。よく覚えておくのですのよ」

警騎士たちと歩き始めると、ティーノや下僕《フットマン》たちがロレッタを呼んだ。

「「奥様!!」」

心配気な三人に向かって歩く足を止めて、ティーノに振り向いた。

「ティーノ。差し入れは美味《おい》しいラズベリーのクッキーでお願いしますね。お茶はローズティーがいいですわ」

「さ、差し入れ!?」

ティーノが、警騎士たちに囲まれているロレッタに差し入れを要求されて混乱する。

「では、みな様。ごきげんよう」

そして、いつもの高貴で淑女のような笑顔で、ロレッタは警騎士たちに連行されていった。


街の中央にある警騎士団の建物。何階もある小さな城のような重厚な建物の門番のいる大門を、馬車で通過していった。主に、犯罪を取り締まる警騎士団は、王族や国を守護する王宮騎士団とは少し違った。

警騎士団のトップが上級貴族だからか、建物の中は貴族の邸を思わせるような造りになっている。それでも、前世の記憶にあるテレビで見た海外の警察署を思い浮かばせた。

その建物の中を、警騎士たちに連れていかれながら眺めていた。記憶を比べれば、目の前の警騎士の方が貴族らしいせいか、建物はどこか豪華だった。

「クロイツ公爵夫人。こちらへお入りください」

「ええ。入って差し上げますわ」

警騎士が開けた取調室の扉の中に、動揺することもなくロレッタは足を踏み入れた。

警騎士団の取調室には、ロレッタを連れてきた警騎士が二人に書記が一人いる。部屋の中央には、向かい合って座る机と椅子があり、部屋の隅では書記が取り調べ内容を記録しようとしている。当たり前だが、殺風景だった。

「身体検査だ。持っているものを出せ!!」

一人の感じ悪い警騎士が、鼻息荒く言う。

「何も持っていませんわ。そのまま、私を連れてきたことをお忘れですの？　それとも、この私の身ぐるみでも剥《は》ぐつもりかしら？　あなたのような人間が触れていいとでも思っているのかしらね。私は、安い女ではなくてよ？」

「……なんて、高慢なんだっ……!!」

ペラペラと饒舌《じょうぜつ》に、それでいて凄んだように話すロレッタに歯を食いしばる警騎士。

（名前を覚える気はないから、警騎士Aとしましょう）

「身体検査は、必要ないだろう？　見た感じ何も持っていないようだし、大人しく取調室に来たではないか？　それに、公爵夫人だ。危険なものなど、お持ちになるわけがないだろう」

そう言ったのは、落ち着いている警騎士。

（こちらは、警騎士Bとしておきましょう）

「とりあえず、座ってください。クロイツ公爵夫人」

「ええ。かまいませんわ」

身体検査は免れて、何の変哲もないただの木の椅子に座り足を組んだ。机に肘をついて彼らから斜めに見えるように足を組んでいると、取調室とは思えない態度に警騎士Aは不満げだった。

その警騎士Aに、侍女ベラとのやり取りを聞かれた。そのうち、警騎士Aは苛立ちから木の机をバンッと拳で叩《たた》きつけた。それを、ロレッタは肘をついたままで聞き流している。

「だから、侍女との仲は最悪だったのだろう!!」

「当然ですわ。侍女でありながら、ベラは察しも悪い、仕事も満足いくものではありませんでしたわ。聞いてくださいな。あの侍女は、私の朝食にパンとミルクだけを持ってくるんですのよ？　何度、作り直させたことか……そのうえ、作り直した料理もいまいちでしたわ。それに、ベラは髪をすくのも雑で……私の髪が傷んだらどうするつもりだったのかしらね……困った侍女だったわ」

ふぅ……と悩まし気にため息を吐《つ》いた。取り調べの警騎士Bは、困った様子で頭を抱えている。

そんなことも気にせずに、ロレッタは真っ赤なマニキュアを塗った細長い指を意味もなく見ていた。

「先日も毒事件があったと報告を受けた‼　自作自演でもして、容疑者から自分を外させるためだったんじゃないのか⁉　だから、自分の時は捜査も抑えていたんじゃないのか⁉」

「そうなのですよね……あれは、困った事件でしたわ」

捜査を抑えたのは、アルフレードだろう。自分で解決しようとしているみたいだった。

（私が、一ヶ月で犯人を見つけてくださいと言ったからかしら？）

そんな気がする。あそこまで真剣に捜すとは思わなかったけど……

警騎士Ｂは落ち着けと言い、短気そうな警騎士Ａをなだめている。

その静かな警騎士Ｂが今度は話し出した。

「クロイツ公爵夫人……あなたは、今の状況がわかっているのですか？　いくら公爵夫人であろうと、殺人罪で捕らえられるんですよ？」

「そうね……でも、まだ証拠はない。逮捕状を出した奴は後悔するでしょうね。辞表でもご準備なさったらどうかしら？　ぜひとも、ご助言して差し上げたいわ。どうせ暇だから、今なら連れてきてもかまいませんわよ？」

はぁ、とあからさまに呆《あき》れたため息を吐《つ》く警騎士Ｂに「しばらく、休んでなさい」と取調室を追い出されてしまった。

「牢屋《ろうや》へゴーですわね」

「いいから、行ってください」

ロレッタが取調室から出ると、警騎士Ｂが廊下で控えていた警騎士に「連れていきなさい」と指示をする。彼によりロレッタは、そのまま一時的な拘留のための牢屋《ろうや》に連れていかれた。

警騎士Aは、ロレッタの態度が気に入らないのか、ずっと睨《にら》みつけていた。


連れていかれた牢は、格子の先に石造りの床に机、壁の上部には明かり取りの窓がある。貴族が入る場所なのかベッドに布団まであった。その中へと足を踏み入れる。

「そこのあなた」

「は、はい!!」

この牢の前にいる警騎士に前触れもなく声をかけると、彼は驚きびくりと身体《からだ》を揺らした。

「温かいお茶をくださいな。私は朝食も食べずにここに来たのですよ。身体《からだ》も冷えますわ」

「お、お茶……」

「新しい料理人に、差し入れは頼んでますけど、すぐに持ってくるかわかりませんからね。では、お願いしますわ」

にこりと可愛《かわい》らしく笑顔で言うと、「すぐに!!」と言って、ロレッタの牢に鍵をかけていなくなった。

牢の中を見ると殺風景だけど、これでも平民の牢よりは遥かにましだ。

「……まぁ、たまにはいい経験ですわね。今夜一晩だけ、ご厄介になりましょう」

そのまま連れてこられたから、ショール一つ持ってこなかった。マーメイドラインの真っ赤なドレスのスカート部分に、黒のシースルー生地が使われている印象的なドレスを少しだけ持ち上げて深紅のヒールを脱いだ。

ベッドに上がると、足を組み座る。そうしてロレッタは、一人牢の中で過ごし始めた。

◆◆◆

――ロレッタが警騎士団に連れていかれている頃。

アルフレードは、ベラが飲んだと思われる毒薬をロベルトが調べているため、彼の薬屋に来ていた。

その薬屋で手紙をしたためていると、薬品片手にソファーに座っているロベルトが話しかけてくる。

「ロレッタ様は？」

「よく眠っていた。遅くに寝ただろうから、朝も起きてこないだろうな」

ベラの事件が起きたあと、ロベルトたちと話してからロレッタの様子を見にいくと、彼女はすでに眠っていた。

侍女のベラの呼吸も落ち着き、今はメイドたちが交代で看護についている。

わからないのは、ロレッタよりも飲んだ量が少ないと思われているベラの目がいまだに覚めないことだった。

「おそらく、侍女の事件は自作自演だな。薬の量が少なすぎる」

ロベルトが、ベラの飲んだ毒薬と症状の具合を比べてそう言う。

「そうだろうな……毒の出所はまだ、わからないのか？」

「街の薬屋は、調べたが……わかったのは、薬の瓶だけを買った女がいたということだ。しかも、怪しげなものは扱ってない普通の薬屋でだ」

ロベルトの言葉に驚いた。

「……薬の瓶だけを買ったのか？」

一体何のために？　そんな疑問が頭をよぎる。

「そうだ。あの小瓶と同じものを一つだけ買った若い女がいたそうだ。あの小瓶の絵が役に立ったな」

香水瓶にするには、地味すぎる小瓶だった。それだけを買いに薬屋に来る客などそうそういない。それも一つだけ。

驚いたままで、手紙の最後のサインをしていたペンの手が止まる。ほんの数秒、毒殺未遂事件のことに思考を巡らせていた時、使いのために呼び出していたレーシスがやってきた。

レーシスの姿を見て、止まっていた手を再び動かしてサインを書き終え、ペンを置いた。

「レーシス。すぐにこの手紙を持っていってくれ。急ぐから、自分で持っていくんだ。他に、陛下に異変はないだろうな。それと、エリスの移動はどうした？」

「順調に進んでいます」

「そうか……他に変わったことはないか？」

そう言いながら手紙に封をして、封蝋《ふうろう》の代わりにサインをして渡した。レーシスは、手紙の宛先を確認すると、今日中には往復できないと思い、ロレッタへの伝言を伝えてきた。

「はい。ですが、奥様にはシンシアの様子をお伝えください。食事があまり進まないと……」

「シンシア……？」

「はい。先日、ベラたちとの揉《も》め事の時に責められていた下級メイドです」

覚えている。確か彼女は、ロレッタが辞めさせようとしていた気の弱そうなメイドだ。

聞き取りをした時も、落ち着かず弱々しい返事をするだけで、まともな会話すらできないほどの気の弱いメイドだった。

「なぜ、ロレッタに？」

「奥様に、シンシアの食事を運ぶように言いつかっております……昨夜も言おうとしたのですが、エリス様が途中で来られましたし、その……自信がないのですが……」

「なんでもいい。気になることはすべて話せ」

自信なげに言うレーシスに、ロレッタのことはなんでも知りたくて話すように促す。レーシスは自分の恥を晒すように話し出した。

「……大したことではありませんが、その……ベラにシンシアが責められているのを、奥様が庇《かば》ったように見えました。ベラが倒れた時も、すぐに助けようとしていましたので、私は奥様を勘違いしていたのかと思いまして……」

「ロレッタが、あのメイドを……？」

「私に食事を運ばせたのも、他のメイドたちからしばらく引き離すためだと……奥様がまさか、使用人を助けるなど思ってもなくて……」

信じられないながらも、レーシスはロレッタが使用人を庇《かば》っているように見えたと話した。

ここ数日のロレッタの様子を、レーシスは注意深く見ていた。

ロレッタの遊んでいる一面しか見ていなかったレーシスは、自分の目を覚まさせたかったのだろうか。自分の目で確認しなければ、レーシスには自身の認識を改められなかったのだ。

そして、それまで持っていたロレッタの印象が変わっているようだった。

いや、それどころではない。

ロレッタが、メイドを助けていたのだ。

「シンシアだ……ロレッタが庇《かば》っていたのは、シンシアだ……」

呆然と立ち上がり呟《つぶや》いたアルフレード。

「小瓶だけを買ったのも若い女だった……」

ロベルトが付け加えるように言う。彼の薬品を持っている手も止まっていた。

「シンシアはどこだ……⁉　すぐに話を……！　レーシス‼　お前は、すぐに手紙を持っていけ‼」

「は、はい‼」

シンシアは、若い女だ。解毒剤が入っていた小瓶を買ったのもシンシアかもしれない。やっとロレッタが何をしていたのか、知ることができるかもしれないと思うと、気持ちが逸《はや》る。

彼女から一刻も早く話を聞きたくて、アルフレードはロベルトの薬屋を飛び出した。

急いで馬でクロイツ公爵邸に帰ると、邸では騒ぎが起きていた。

シンシアに会うために使用人のいる階下へと行くと、すぐさまティーノと下僕《フットマン》二人が駆けつけてきた。

「だ、旦那様!!　大変です!!　奥様が警騎士たちに連れていかれまして……!!」

「……っ!?　一体いつだ!!」

「さ、先ほどです!!」

「ロレッタは、抵抗しなかったのか!?」

「し、しませんでした!!　ごきげんようと言って……」

ジュノが、必死で訴える。

抵抗しなかった。それは、ロレッタが犯人じゃないからだ。

こんな時でも、ロレッタはアルフレードを頼ってもこない。それが気高いのかもしれないが、これは違う。そう思うと、冷ややかな怒りが瞳に表れる。

その時、使用人部屋の女性用エリアの扉が開かれた。

アルフレードが、扉の方に振り向く。そこにいたのは、怯《おび》えながら顔を覗《のぞ》かせたシンシアだった。

今にも腰を抜かし座り込みそうな様子で扉にしがみついている。

「……シンシアだな?」

「だ、旦那様……申し訳ございません……わ、私……」

アルフレードは、震えながら泣き始めるシンシアの肩にそっと手を置いた。

冷たい表情のアルフレードに、さらに怯《おび》えるシンシア。気の弱い彼女を落ち着かせるために、アルフレードは眉間のシワを少しだけ緩めた。

「誰も君を責めたりしない。ロレッタのことが知りたいだけなんだ。すべて話してくれるな？」

「……」

シンシアは、泣きながらこくんと頷《うなず》いた。

「では、部屋で話そう」

シンシアが、目尻を擦《こす》りながらもう一度頷《うなず》いた。

震えるシンシアを連れて彼女の部屋に行くと、「ごめんなさい……ごめんなさい……」と言いながら涙を必死で拭いている。

その彼女をゆっくりと座らせて、アルフレードは目の前の椅子に座った。

「解毒剤をロレッタに渡したのは君だな？」

「は、はい……毒を飲ませたのも……わ、私です……」

震えながらも問いに答えたシンシアは、泣きながら途切れ途切れの言葉で白状した。

ロレッタに毒を飲ませたのがシンシアだとは予想もしていなかった。

……実のところ、疑ってはいた。お茶を持っていったのは、シンシアだからだ。でも、何かがしっくりとこなくて、信じてはいなかった。そのせいか、アルフレードは内心ひどく驚いた。

アルフレードは、書斎での聴取の際を思い出しても、シンシアはロレッタに気を使っていた。だが、侍女たちと違いロレッタを悪く言わなかったのだ。

今も、ロレッタを亡き者にしようとする空気など微塵《みじん》も感じられない。

「どうして毒を飲ませた？　話してくれるか？」

「わ、私……っ親無しで……ずっとベラさんたちにいじめられてて……何度も奥様のお茶を持っていかされていたんですっ……お使いもよく頼まれてて……」

シンシアは、親無しのうえ見るからにこの気弱さだ。ベラたちのうっ憤を晴らす格好の相手だったのだろう。自分のしたことに耐え切れず今にも壊れそうだった。

でも、ロレッタが守ろうとしたものを責める気にはなれなかった。いくら彼女が毒を盛ったとしても。

「それで、どうしたんだ？」

アルフレードが、優しく問うた。

「いつものように、お使いに出されたら……いつもと雰囲気が違って……怖くて……」

シンシアが言うには、ある日、街の裏路地であるものを買ってこいとベラに言われていったらしい。

そこにいたのは顔をフードで隠した怪しい男。その男は小瓶を二つ取り出し、一つは毒、もう一つの瓶は解毒剤だと言ってシンシアに渡したのだという。

シンシアはロレッタが毒殺されると恐れた。ベラたちが毒を飲ませたいのはロレッタだけ。標的は容易に予想のつくものだったのだ。

シンシアは怖くなり、すぐに街の薬屋で別の小瓶を買い、解毒剤の中身をそれに入れ替えてベラたちに渡した。あまりお金を持ってない彼女には、あり金をはたく気分だっただろう。

解毒剤がベラたちに渡ってしまえば、ロレッタが毒を飲んだ時に助からないと恐怖に駆られていたのだ。

「でも、いつ飲ませるのかわからなくて……でも、奥様が死んでしまったら……」

「それで、ロレッタに解毒剤を渡したのか？」

確認するように聞くと、シンシアは泣きながら頷《うなず》いた。

「奥様に、なんとかお渡ししようとしたら……その日に持っていかされたお茶に……私、知らなくて……でも、すぐに解毒剤を飲ませようとしたら、奥様が……止めて……鏡台を指差したんです……だから、私……」

毒で倒れたロレッタに、シンシアは密かに渡そうと思っていた解毒剤を出したという。

でも、ほんの少し、舐《な》めるほどの少量を口に当てられた時に、ロレッタは弱々しい手でシンシアを止めて鏡台にしまいなさいとでも言うように、指差して倒れたという。

すでに、もう飲めなかったのだろう。

シンシアは、そう悟ったのか……いや、彼女の弱さでは怖くて、ロレッタの言う通りに鏡台に解毒剤を入れて人を呼ぶしかできなかったのだ。

聞いていて切なくなる。ロレッタは高飛車で高慢で……確かに悪女だった。でも、昔と同じで情が間違いなくあった。

アルフレードだけが知っているロレッタの優しさが、シンシアを救おうとしたのだ。

「ロレッタは、あの場で解毒剤を持っているシンシアが見つかれば、すぐに捕縛されるとわかっていたんだな……」

実際に、お茶を持ってきたのもシンシア。ロレッタは、あの通り誰にでも、あのような接し方だった。

シンシアがいじめられて、その報復のために毒を盛ったと言われても、誰もシンシアを庇護《ひご》する人間などいなかっただろう。天涯孤独であり、何の力もないシンシアを犯人に仕立て上げるのは簡単なことだ……

それに、シンシアは下級メイド。彼女の仕事は暖炉の薪《まき》を補充したりすることであり、本来はロレッタの世話ではなかったのだ。

あの時も、シンシアは暖炉の薪《まき》の補充に来て倒れたロレッタを発見したぐらいにしか、誰も思っていなかった。聞き取りでも、誰もがそう言ったのだ。

それをいいことに、ベラたちはシンシアにロレッタのお茶を持っていかせたことを誰にも言わなかった。

だが、シンシアが叫んで飛び出してきたために、お茶を持っていった人物を隠すこともできずに、ウソと本当を交えた表情で自信なさげに話したのだ。

「お、奥様だけでした……私にも、他の使用人たちにも同じ態度なのは……だから、私……」

いつもいじめられていたシンシアは、誰も贔屓《ひいき》しないロレッタの態度に救われていた。

だから、ロレッタを助けようと、何の力もないのに必死で考えていたと思うと胸が痛んだ。

「……でも、ロレッタにもお気に入りはある。君のことは必死で守ろうとしていた。羨《うらや》ましいほどにな……」

ロレッタが、何をしていたのかわかった。シンシアを容疑者から外させたかったのだ。

だから、本気で捜す気もなかった。

お茶を持ってきたシンシアが一番怪しい人物で、容疑者として有力候補になるのだから。そして、シンシアが地味すぎて、誰も彼女がお茶を持っていかされたことにも気付いてなかった。

ロレッタまでもが、その状況をいいことに口を閉ざしていたのだ。

「……昨夜も、今日も……奥様は来てくださいました。私を心配して……ケーキまで持ってきてくださって……私、役立たずなのに……」

「ケーキ？」

その言葉に、一瞬身体《からだ》が強張《こわば》る。

「クレープのケーキです。すごく美味《おい》しくて……」

クレープのケーキは、ロレッタの作ったクレープをティーノがケーキにアレンジしたもの。確か、あの夜にロレッタの部屋に置いていたクレープのケーキは、一人でこんなに食べたのかと思うほど、カットしたものが減っていた。

不審に思いながらロレッタに「こんなに食べたのか？」と聞いても、「いけませんか」と言うだけだった。

　しかも、アルフレードには失敗作の気配がすると断言したものを出したのに。

「本当に羨《うらや》ましいな……!!」

　思わず、アルフレードの拳に力が入る。

「わ、私を逮捕してください……奥様が、捕まるなんて……」

　シンシアは、自分のしたことに……いや、知らずにさせられていたことが恐ろしくて、ずっと怯《おび》えていた。そのうえ、ロレッタが警騎士たちに連れていかれて、もう耐えられなかったのだろう。食事も喉を通らずに、今もずっと震え怯《おび》えている。

「君一人、捕縛したところで何の問題の解決にもならない」

「でも、奥様が……」

「ロレッタは、すぐに迎えにいく。君のことも俺が保護しよう」

　とにかくロレッタを迎えにいかねば……そう思い、立ち上がった。

「……奥様が、ルビアス侯爵様が私を迎えにくるから、大人しく待ってなさいと言っていて……そのあとに、警騎士団に連れていかれてしまって……」

「ルビアス侯爵を呼んだのか……ロレッタが……」

　ロレッタの守りたいものは、なんでも守ってやりたかった。それなのに、彼女はアルフレードには何も言わなくて……切なくなると同時に腹立たしい気持ちも湧き出た。

　その時に、部屋の扉が開いた。

「旦那様、こちらだそうです」

ディルクの声がしたあとに開かれた扉から、もう一人現れる。

杖を持ち、赤みのかかった黒い外套をまとったルビアス侯爵が、いつもの黒い笑顔でやってきた。

◆◆◆

……色々思い出した。

ロレッタは、昔アルフレードとあの図書館で会っていたことを。幼い頃だ。ロレッタが十歳、アルフレードが十二歳の頃だった。

図書館で、約束するでもなく何度も会っていたのだ。

会えば、アルフレードが本を読んでくれたり、ロレッタがまだ知らない勉強を教えてくれたりして過ごしていた。

いつしか、ひと気のない図書館の庭で二人で昼寝をしたりして……それが、アルフレードが来なくなる数日前だろうか。お互いに図書館の庭で座って本を読んでいた時に、突然キスをされた。初めてで驚いた。

でも、嫌悪感はなくほのかに胸が高鳴った。

あれが、ロレッタのファーストキスだった。子供ながらに、いつも冷静なアルフレードが少しだけ赤らんだ顔をしたのも思い出した。淡い思い出だ。

牢の中で、静かに一人考え込んでいる。それなのに、だんだんと騒がしくなっている。

「……っロレッタ!!」

ガシャンと格子が揺れる音がした。

(でも、私は今、考え中ですわ)

静かにいるロレッタと違い、アルフレードが警騎士に指示を出している。あまりのアルフレードの剣幕に、鍵を持った警騎士は恐怖でおののいて鍵を持っている手元が落ち着かない。

「早く牢を開けろ!!　誰がこんなことを許した!?」

「は、はい!!」

警騎士がガチャガチャと震える手で牢を開ける音がする。

「ロレッタ!!　大丈夫か!?」

「うるさいですわよ」

「一体何をしているんだ!?」

足を組んで座禅状態で考え事をしているロレッタに、牢の中に入ってきたアルフレードが困惑しながら叫んだ。

「座禅ですわ」

「なんだ、それは!?　こんなところに入れられて、こんなことまでさせるとは……っ!!」

「これは、自分でしているのですよ?」

恐ろしい形相で睨《にら》みつけるアルフレードに、こんなこと強要してません!!　と言おうとした警騎士が、必死で両手を左右に振っている。

すると、アルフレードが座禅姿のロレッタのそばに来て膝をつき、話しかけてきた。

「ロレッタ。すぐに帰ろう。ここにいる必要はない」

その言葉に、ロレッタは座禅のために閉じていた瞼《まぶた》を開いて、ほんの少しだけ彼を見た。

「では、明日帰りますわ」

「……ここにいてどうするんだよ」

アルフレードは、ロレッタを今すぐに連れて帰ろうとしていた。それなのに、帰宅拒否をするロレッタに彼は頭を抱えてしまった。

「急いで帰る必要もありませんし……不当勾留で訴えてやれますわよ？」

「そういうのは、あとでいい。今は、ロレッタをここから出すのが先決だ」

そう言うと、帰る気がないロレッタをアルフレードがいきなり抱きかかえた。

「ア、アルフレード様!?」

「帰る気がないなら、無理やりにでも連れて帰る」

まだ、帰るわけにはいかない。

(私はせめて一晩はここにいなくてはいけないのに……)

アルフレードの腕から下りようと身体《からだ》を捩《よじ》らせる。抵抗するロレッタを見透かしたようなアルフレードの顔が近づくと、彼が静かな声色でロレッタの耳元で囁《ささや》いた。

「……お父上のルビアス侯爵が、彼女を迎えにきた」

慌てて彼から下りようとしていた手が止まり、アルフレードを見上げた。

ベラたちが、また事件を起こしたせいで、何を待たずともロレッタは動く羽目になっていた。

そのため、ロレッタは下僕《フットマン》のジュノとマークに、シンシアの部屋へと行くための見張りと、もう一つ、ルビアス侯爵邸に手紙を急いで持っていくことを頼んだ。

手紙の内容はシンシアをルビアス侯爵邸で匿《かくま》うようにと父親に頼んだもの。下僕《フットマン》の彼らは、ロレッタの頼んだ手紙を間違いなく届けてくれていたのだ。それもすぐに。

「そう……なら、ここにいる理由はなくなりましたわね」

アルフレードのいう彼女とはシンシアのことで間違いない。その発言をするということは、すべてバレたのだろう。

ロレッタがここにいれば、シンシアがすぐに疑われることもなく、その間に父親のいるルビアス侯爵邸に逃がせば、あの地味なメイドなら誰も疑わないと思っていた。

実際に、お茶を持ってきたのはシンシアなのに、誰も疑わなかった。あまりに気が弱くて鈍くさいからだ。善人過ぎるせいも相まってだろう。

暖炉の薪《まき》の補充がいつまでも終わらないぐらいにしか思われてなかった。鈍くさいシンシアらしいと言えばそうなのだろうけど……

(鈍くさいにも、ほどがありますわ。そのおかげで、疑われなかったのだけど……)

あの娘が、毒を盛るなど誰も思わない。でも、毒入りのお茶と知らせずにシンシアに運ばせた犯人が、あの娘のせいにするかもしれないと考えていた。

ロレッタは、観念したようにアルフレードの腕の中で大人しくなっていた。

彼は、ロレッタを横抱きに抱えたままで真っ直ぐに格子をくぐると、そこにはロレッタを取り調べ、ひたすらに問い詰めていた警騎士Aが複雑な表情で立っている。

冷ややかな形相で、クロイツ公爵家当主が自ら迎えにきたのだ。警騎士Aが怯《おび》えるには十分な理由だろう。

アルフレードに抱かれたまま、その警騎士Aに声をかけた。

「ねぇ、あなた。ロアール公爵は元気かしら？　よろしく言っておいてちょうだい」

「ロ、ロアール公爵……」

警騎士Aが戸惑いながら呟《つぶや》くと、アルフレードが付け加えた。

「ロレッタ。今の警騎士団にかかわっているのは、ロアール公爵の息子だ」

「あら、そうなの……そう……では、アディルによろしく言っておいてちょうだいね」

ロアール公爵の息子はアディル。早々に次期公爵である息子に責任者として立場を譲ったのだろう。アルフレードがアディルよりも先に公爵位を継いだので、彼らは対抗したのかもしれない。クロイツ公爵家とロアール公爵家は派閥が違うのだ。

にこりと不敵な笑みで言うロレッタの頭上には、迫力のある顔で睨《にら》んでいるアルフレードがいる。

目つきの悪い二人の様子に、警騎士Aは言葉を無くして冷や汗を流しながら歯を食いしばっていた。

アルフレードに抱きかかえられて馬車まで連れてこられた。馬車の中では、ロレッタは彼と隣り合って座っている。お互いが顔を合わすことなく窓辺に肘をついたままで。

ムスッと怒ったままのアルフレードに、結婚当初の様子が重なり思い出された。

あの冷たい顔が頭をよぎってしまうのだ。

そう思っていると、アルフレードが、ロレッタを気遣うように優しい声音で話しかけてきた。

「……大丈夫か？」

「まぁ、いい経験でしたわ。ベッドも綺麗なものでしたし、お茶もソーサー付きで持ってきましたからね。あのティーカップはブランドものですね。クッキーもついてましたよ」

「あそこで、茶を飲んでいたのか!?」

「座禅が終われば、飲もうと思っていたのですけど？」

呆《あき》れ切って窓辺に顔を埋めるアルフレード。その彼が、ゆっくりとロレッタを見た。

「……シンシアは、君を心配していたぞ」

「そう……でも、心配されなくても大丈夫ですわ。それと、シンシアを捕らえたら許しませんわよ」

「ロレッタ。あのメイドは……」

シンシアも、毒殺未遂事件に図らずも関わってしまった一人。アルフレードがシンシアを捕らえる理由があると思うと、キッと睨《にら》みつけて彼の言葉を遮った。

「わからないのですか!?　あの娘は、天涯孤独なのですよ!?　親どころか友人の一人もいない。要領も悪く、気も弱い。それなのに、私を助けようと迷わず薬を出したのですよ!?　また、いじめられるのがわかっていて！　自分の身が危険に晒される可能性だってあったのですよ！　そんなあの娘を、ただ私にお茶を持ってきただけで捕まえるなど、あってはならないことですのよ!?　もし捕縛されたら、あの気の弱い娘が耐えられると思うのですか!?　それこそ、自白を強要されて、シンシア一人が罪を被ってしまいますわ!!　そんなあの娘を誰が迎えにくるというのですか!?」

　シンシアが持ってきたお茶に毒が入っていたのは事実。取り調べ一つにしても、あの娘一人で乗り越えられるわけがない。

　むしろ、オドオドした様子にますます犯人と断定されるかもしれない。そして、問い詰められても、怯《おび》えているシンシアに説明などできない。

　それはアルフレードもわかっていた。彼が使用人を一斉に聴取した時も、シンシアは気が弱くて、彼の質問に震えながら最低限で答えるしかできなかったのだから。

　そのうえ、公爵夫人殺害未遂の罪に問われれば、どうなるかわからない。彼女を迎えにきてくれるような庇護《ひご》する人間などいないのだ。

「シンシアを捕らえたりなどしない」

「信じられませんわ」

「だから、今もシンシアを連れてきてない。捕らえる気なら、ロレッタを迎えにきた時にシンシアを引き渡している」

　そう言われれば、そうなのかもしれない。でも……

「あなたは、信じられませんわ。エリス様と結婚なさるようですし、私との結婚など乗り気ではなかったのでしょう？」

「何を言って……」

「エリス様を第二夫人に娶《めと》るとお聞きしましたわ。あの顔が大嫌い」

腕を組んで刺々《とげとげ》しく言うロレッタ。

アルフレードは肘をついて自身の手に乗せていた顔が呆然となっている。まるで、初めて聞く情報に困惑しているようだ。

「結婚に乗り気ではなかったのは、ロレッタだろう？」

「それこそ、何を言っていますの？　ですわ。結婚式であんな冷たい顔して……」

思い出すだけで気持ちが沈む。これは、あの時のロレッタである自分が感じた気持ちだ。

「何を言っているのかわからないが……結婚のことは……」

「認めましたね。では、すぐにでも離縁をいたしましょう」

「話を終わらせるんじゃない!!　どこが認めているんだ!?」

フンと腕を組んだままで顔を背ける。アルフレードは、言いたくないことがあるのか、言葉に詰まっている。

「シンシアのことがわかったからと言って、事件が終わりだと思わないでくださいまし。でも、私はもう去りますわ。あとは、エリス様と結婚するなりどうぞお好きになさってくださいな」

「離縁は、しないと言った。黒幕も予想はついている」

「私を捕らえましたからね。私たちの不仲の噂を知って色々錯誤したのでしょう。私たちの噂は社交界で有名ですからね」

跡継ぎをと声が上がっていたのは、ロレッタたちの不仲の噂が流れており、夫婦の営みがないと思われていたからだ。それは間違いではない。ロレッタたちは、結婚してから一度も同衾《どうきん》してないのだから。

「エリスとの結婚もしない。俺が好きなのはロレッタだ」

「そんなわけありませんわ。エリス様は、あなたと婚約するはずでしたわ。それにエリス様自身が私に、アルフレード様と結婚すると言いましてよ？　私は、アルフレード様から聞いていませんでしたわ……私は」

切なくて、思わず言葉がつまる。

ロレッタは、アルフレードとエリスがどんな風に過ごして育ってきたのか知らないのだ。

ただ、牢の中で座禅をしている時に色々思い出した。子供の頃に街に出た時に、小さな女の子が彼の腕に絡みついて歩いていたのを見たことがあったと……

あの時も、言いようのない感情があった。

「エリスとの結婚を言わなかったのは、彼女とは結婚などしないからだ」

「……でも、もう私には関係ありませんわ」

「なら、なぜそんな顔をする？」

落ち込んだ顔を見せたくなくて顔を背けたのに、アルフレードはそれを見逃さなかった。彼の切ない表情が自分にも移ってきそうになっている。そして、悲し気な言葉が出てしまった。

「だって……アルフレード様は、結婚式の夜に寝室に来ませんでしたわ……次の日も、その次の日も……」

初夜に一人で過ごすことが、どれほど惨めだっただろうか。

いくら、ロレッタが腹を立てて初夜を断わったからといっても、アルフレードは何も言わなかった。寝室に入ることなく引き下がったのだ。

冷たい結婚式に冷え切った一人だけの初夜。思い出すと、ぽつりと涙が零《こぼ》れていた。その顔を隠すように、アルフレードが腕の中にロレッタを包んだ。

心臓が動いている。自分のも、彼のも。

「あれは……あれは、情けなかったからだ」

「情けない……？」

「……自分が求婚をしようとしていた女の家から、自分が求婚するよりも先に結婚を求められたんだ。あれほど情けないことはなかった。でも、断ることもできなかった。ロレッタが、多くの求婚を受けていたと知っていたから……」

確かに、ロレッタは数々の求婚を受けていた。次期公爵のアディルもその中の一人。でも、ロレッタはどれもすべて断っていた。

アルフレードは、ロレッタとの結婚を断れば、誰かとロレッタが結婚してしまうと思っていたようで……

「傷つけたことは謝る。悪かった……結婚式のことも……」

「でも、そのあともずっと冷たかったですわ……」

「乗り気ではない結婚だったのだろう？　だから、ロレッタに無理を強いることができなかった」

(だから、私の好きにさせていたと？)

アルフレードの言葉に疑問があり、彼の胸に寄せていた頭を上げた。

「乗り気ではない？」

「ルビアス侯爵が勝手に決めた結婚ではないのか。だから、俺を嫌って初夜も拒否をしたと……」

「それは……」

それは、意地っ張りなロレッタの性格のせい。アルフレードの冷たい態度に当てつけるように断った。でも、彼が来てくれるのを待っていた。

それが、アルフレードがロレッタの好きにさせていたとするなら……来ないのは、当然だったのかもしれない。

「ロレッタを傷つけたくなくて、無理やりはできなかった。でも、嫌ったことは一度もない。今でも……昔から好きなのはロレッタだけだった」

「……あなたは、何も言ってくれないからわかりませんわ」

「それは、お互い様だ。ロレッタの気持ちもわからない。もっとロレッタを知りたいのに……」

アルフレードの初めての告白が胸に響いた。好きだと、言ってくれた。ロレッタが、何よりも欲しかった言葉だ。

「アルフレード様は、エリス様の味方じゃなかったのね……」

「違う……今も昔も好きなのは、ロレッタだけだ。君が大事なんだ」

俯《うつむ》いているおかげで、ローズレッドの髪がロレッタの頬を隠していた。その髪を、頬を撫《な》でるかのように優しく耳にかけられ、顔を上げようとするよりも先にアルフレードが近付いていた。

細いロレッタの腰が、アルフレードに力強く引き寄せられている。そのまま、唇を重ねられていた。


クロイツ公爵邸へと馬車が到着すると、馬車の扉が開き、先に降りたアルフレードが手を差し出してきた。

「降りないのか？」

「ヒールがないのですよ。アルフレード様が、無理やり抱えて帰ってきましたから……」

アルフレードが、ロレッタを牢から一度も下ろさずに馬車に乗せたために、彼女の足には靴というものがない。

「あとで取りにいかせる」

「結構ですわ。あれは、くれてやりますわ」

「それはそれで癪《しゃく》に障るんだが……」

アルフレードが足を組んで座っているロレッタをじっと見る。すると、アルフレードが両手を伸ばしてくる。ロレッタはその腕を拒否することなく受け入れた。

もう一度横抱きに抱えられたままクロイツ公爵邸へと入ると、疲れながらもお腹《なか》が鳴った。

「少し早いが夕食を準備させている。すぐに食べよう。一緒にだ」

「美味《おい》しい食事をお願いしますね」

「安心しろ。赤ワインも準備させている」

ロレッタの好みでないのは出させないと言いたいのか、無礼な真似《まね》をさせないと言いたいのか。

アルフレードがそう言って、そのまま食堂へと連れていかれた。

ロレッタである自分は、愚かだった。

アルフレードの気持ちも考えないで、欲望のままに父親に結婚を頼んだ。誰にもフラレたことのないロレッタは、アルフレードが自分を素直に受け入れてくれると、何の根拠もなく思っていたのだ。でも、彼には彼の気持ちがあった。

冷たい態度だったのも、取りつく島もないロレッタをこのクロイツ公爵邸で好きにさせていたからだ。

好きなものを買い、お金を使い勝手に増やして……クロイツ公爵家にいながら、自分から壁を作っていた。でも、それでは使用人からすれば、女主人と認められるわけもなかった。

自分が努力一つしてなかったと初めて悟った。

食堂に入ると、下僕《フットマン》が引いた椅子にアルフレードが優しく下ろしてくれた。

下僕《フットマン》のジュノとマークを見上げると、ロレッタと視線が合い、若い彼らは照れて頬を紅潮させる。

二人がすぐに動いてくれたから、事態が悪い方向にいかなかった。真摯に仕えてくれた二人は、見返りさえ要求しない。悪女と呼ばれたロレッタなのに。

「ジュノ。マーク。あなたたちのおかげで助かりましたわ。これからもクロイツ公爵邸に仕えてくださいね」

「「は、はい!!」」

ロレッタが素直に感謝すると、二人は嬉《うれ》しそうに返事をした。素直な二人に、ロレッタも笑顔で返した。それを、複雑そうな表情でアルフレードが見ている。

ロレッタが、嫌われていた使用人たちに感謝を告げたことに驚いたらしい。それと同時に、ロレッタがアルフレードではない男に笑みを向けることに苛ついている。

「どうしたんだ？　下僕《フットマン》がお気に入りか？」

「少し考え方を変えますわ。私は、以前の私とは違うのですよ。それに、ジュノとマークはなかなか、よろしいお顔ですわ。目の保養になりますわね」

にこりとしてアルフレードに告げると、彼はギラリと下僕《フットマン》を睨《にら》みつける。下僕《フットマン》二人は、ひぃっと怯《おび》えた。

やはり、アルフレードに嫉妬心はあったらしい。

その時、エリスが食堂にやってきた。

ロレッタたちがいる三人用のラウンドテーブルには、銀食器が三人分用意してあったから来るだろうとは思っていたけど……

「……今日はこちらでお食べになるのですか？」

「ええ、私はまだここに住んでいますからね」

警騎士団から帰ってきたロレッタを見て、エリスが不愉快そうに言う。

「……公爵夫人が牢に入るなんて、アルフ様に悪いと思わないのですか!?」

「まったく思いませんわ」

悪びれもせず言うロレッタに、エリスがカッとなり顔を赤くした。

「ひどい……食事だって、いつもアルフ様を避けて別にとっていたのに、今さら……！」

「だって、一緒に食べたくない気分でしたの。でも、だからといって客人を差別して別室でとらせるなど、失礼なことを私はいたしませんわ」

預かっている客人の食事を別にするなど失礼なこと。性格の悪いロレッタでも、そんなことはしない。

「エリス。食事をするなら座れ」

「……アルフ様が言うなら……でも、この人は……」

しぶしぶ座るエリスに、アルフレードが落ち着いて言う。

「エリス。夫婦のことは、君には関係ない。それと、ロレッタに気持ちは伝えた。生涯、俺の妻はロレッタだけだ」

「じゃあ……私は、どうなるの？　……それに、レーシスがいないわ。この人が追い出したんじゃないの!?　本当に冷たい、血も涙もない人だわ！」

エリスの発言に、アルフレードの視線が鋭くなる。

確かに晩餐なのに、執事であるレーシスがいない。どうでもいいから、気にもしなかった。

「レーシスは使いに出している。帰るのは二日後だ」

「一体どこに……」

困惑しながら座るエリス。彼女にとってレーシスの不在は気になるようで顔色も悪い。でも、ロレッタにとってはどうでもいいこと。

ジュノが、ロレッタのワイングラスに真っ赤なワインを注ぐと、芳醇な香りがした。

「ふふふ、今夜はレーシスがいないから、残ったワインはあなたたちでいただけるわね。今夜のワインは特に香りがいいわ。よかったわね。二人とも」

ロレッタは、妖艶な笑みでワイングラスを少し傾けてジュノとマークに言った。

ワインなどが余れば、それは使用人の元へといく。残りが少ないワインは、大体は執事が飲んだりすることが多い。それは、このクロイツ公爵邸でも同じだったようで、ジュノとマークは軽く頭を下げて嬉《うれ》しそうに顔を見合わせている。

平民はこんなに高いワインなど飲めないから、彼らはご機嫌だろう。

「ロレッタのために、選んだワインだ。気に入ったか？」

「ええ、とても。赤色は大好きですわ」

「そうだな……よく似合う」

無表情でワインを飲むアルフレード。まるで、照れているのを隠すようにワインをおかわりしている。

「使用人とずいぶん仲がよろしくなったのですね。それとも、殿方だからですか？」

エリスが刺々《とげとげ》しく言う。ロレッタは、それを笑顔でかわした。

「そうね。イケメンは大好きですわ。いっそうのこと、顔のいい使用人を揃《そろ》えようかしら？」

「ハーレムでも作る気か……！　やめろ!!　考え方を入れ替えるんじゃないのか？」

「つまらないですわね……考え方を変えても性格を変えるとは言ってませんわ」

声は荒らげないまでも、低く力強い声色でアルフレードが止めた。

ロレッタがため息を一つ吐《つ》いてワインを飲む。ほど良い酸味が美味《おい》しい。

焦りが見え隠れする不愉快なエリスに、眉をつり上げてワインを飲んでいるアルフレード。

そして、ロレッタは空腹を満たすように、美味《おい》しいさっぱりとしたソースの添えられたステーキを笑顔でほおばり始めた。

そんな不穏な晩餐の空気の中で、美味《おい》しい料理を堪能《たんのう》していた。


食事のあと、湯浴《ゆあ》みを済ませてローズレッドの髪を横に流し拭きながら寝室に行くと、アルフレードが寝支度もしないままで、またソファーで寝ている。

まるで、疲れて倒れて眠っているようだった。

そばに座り込んで彼を見ると、目の下にはクマができている。昨夜からまったく寝ていなかったのだろう。

その背の高い身体《からだ》を労《いた》わる様に、今夜もそっと毛布をかけた。

◆◆◆

——翌朝。

朝早くにアルフレードが目覚めると、今朝も毛布がかけられていた。

ロレッタは気が強い。破天荒なところもあるが、垣間見える情に目尻が緩む。彼女には、優しさが潜んでいるのだ。

ベッドで寝ているロレッタの方に視線を移す。

一体いつになれば、ロレッタと本当の夫婦になれるのだろうか。

寝ていたソファーから立ち上がり、ロレッタを起こさないようにそっと部屋を出た。

アルフレードは、自分のやっていたことが間違っていたのだと、今でも思う。ロレッタに歩み寄りたくても、彼女は取りつく島もなかった。会話すらできなかった。

冷たい結婚式だった。惨めだった。公爵でありながら、好いた女に自分から求婚できなかったのだ。

ルビアス侯爵に、いいように踊らされている感すらあった。この結婚に彼女の意志がなくても、何をしてもロレッタと結婚したかった自分は情けなくても断ることすらできないでいた。

ずっと想いを寄せていたロレッタとの結婚。それなのに、初夜には扉を固く閉ざされて……腹立たしさとロレッタを傷つけたくないという思いから、部屋の扉を壊してまで入ることもできずに、ノックした拳が軋《きし》むほど力を抑えてその場を去った。

　いつしか、毎日毎晩のように妖艶な姿で出かけるロレッタ。嫉妬と苛立ち。大切にしたかった。大事にしたいと思うのにできない。何もかもがすれ違いだった。

　そんな時に、ロレッタに毒殺未遂事件が起きた。心の臓が止まりそうになるほど後悔した。

　どうしようもない感情。手を伸ばしても届かない。何もかもが手からすり抜ける感覚だった。こんなに近くにいたのに……

　ロレッタの部屋をあとにして、エリスを移した別邸へと行くと、嬉《うれ》しそうに彼女がアルフレードを迎え入れた。

「アルフ様。来てくださったの……」

「侍女の様子はどうだ？」

「……私に会いにきてくださったのではないの？　ベラよりも、私を別邸から戻してください！」

「ダメだ。事件が起きたばかりだぞ。侍女はどこだ」

　悲愴感を滲《にじ》ませてエリスが俯《うつむ》いた。泣けばいつも誰かが助けの手を差し伸べてくれると思っている。

　エリスは子供の時からこうだった。その姿が自分にはどうしても受け入れられない。エリスの制止も聞かずに、うんざりしたまま別邸へと踏み込んだ。

「ア、アルフ様！　ベラはまだ寝てまして……っ」

「……まだ、寝ている？」

思わず、足が止まった。

「と、当然ですわ！　誰かに毒を盛られたのですよ！　ベラを嫌う誰かに！　すぐに目覚めるわけではないですわ！」

……やはり、おかしい。ロレッタは、翌日には目覚めていた。明らかにロレッタの方が毒の量が多かったとロベルトが言っていたのに。

多少の誤差はあるだろうが、ロベルトたちは血液の毒の残量までも調べていたはずだった。

部屋に行ってほしくなさそうなエリスの制止を無視して再度歩き出すと、ベラを運んだ別邸の使用人部屋では、彼女はエリスの言う通り死んだように寝ていた。

「……一度も目覚めてないのか？」

「ですから、毒を盛られたばかりですのよ」

侍女のベラは、呼吸もわからないほど緩やかだった。瞼《まぶた》一つ動かない。

――何かがおかしい。

ロレッタの盛られた毒と違うのだろうか。だが、違う毒である理由がわからない。そもそも、ロレッタの飲んだ毒自体が見つからない。すでに飲み干してしまっている可能性も否定できない。

その時、柱時計が鳴った。エリスが出発する時間だった。

「……そろそろお城に行かなくちゃ。アルフ様も、ご一緒に行きましょう？　ずっとお休みですわ」

「……行儀見習いは、進んでいるのか」

「もちろんですわ」

「では、すぐに行けばいい。俺は、ロレッタと食事の時間だ」

訴えるような涙目のエリスを置いて、踵《きびす》を返した。

別邸を出ようと歩いていると、微《かす》かな物音がした。アルフレードが視線を感じた先には、階下から上階へ続く階段室の扉が少しだけ開いてこちらを誰かが覗《のぞ》いている。

目線だけをそちらに向けて別邸を出ると、馬車がやってきていた。

追いかけてきていたエリスが、行儀見習いのために城へと行く馬車だ。間違いなく城へと行くのだろう。

そもそも、エリスが毒を仕入れることさえ不自然だった。彼女にも、シャムロック男爵にもそんなツテはなかったはずだ。

木陰に隠れて別邸を見ていると、エリスがアルフレードを捜すように周りを見回している。そのエリスに続いて、若い男が出てきた。

先日、ロレッタに食ってかかってきた料理長の息子のトビーだった。

二人の様子を木陰から覗《のぞ》くだけで、トビーがエリスに恋心を抱いているのが読み取れる。

「エリス様」

「トビー……どうしてここに？」

「エリス様が心配で……でも、大丈夫ですよ。すぐに邸へとお戻りになられますよ。前クロイツ公爵であった大旦那様が認めていたのは、エリス様だけですから!!」

力いっぱいトビーが言う。

「そ、そうね!!　でも、料理人が邸の上階に来てはダメよ？　誰かに見られたら、怪しまれるわ」

「お見送りだけです」

エリスと共に別邸へと追い出されたのに、微塵《みじん》も焦りを見せないトビーが明るく言っている。しかも、エリスが早朝から出発するのを見計らったようにやってきたのだ。

エリスは、若干引いている。

逢《あ》い引《び》き……とは少し違うように見える。エリスが困ったようにトビーから距離を取ろうとしているからだ。

料理人のバルク親子は、エリスと一緒に別邸へと移した。そのせいで、憔悴《しょうすい》しきっているバルクは何も知らないのだろう。

だが、トビーは違う。明らかにエリスに好意を持って慕っている。むしろ、劇団の女優を追いかけ崇《あが》めるような眼差《まなざ》しでエリスを見つめている。

エリスを慕っていたベラは、いまだに死んだように眠っている。

二人の部屋を捜索した時は、何も見つからなかった。厨房も使用人休憩室もだ。

（一体どこに隠したのか。そもそもどこから調達した？）

どうしたものか、と考えている間も、トビーはエリスにご機嫌で話していた。

「……でも、レーシスはどこに行ったの？」

「わかりません。誰にも知らされずにいなくなったのです。もしかして、あの女がレーシスさんを追い出したのでしょうか？　レーシスさんはベラさんに先日注意をしてましたから、あの女が何か手を回したのかもしれません」

レーシスがいなくなったことについて考え込むエリス。すると、一瞬忘れていたのか目の前でニコニコと笑顔のままのトビーにハッとした。

「と、とにかく私は急ぐから、トビーも早く仕事へ戻ってね！」

「はい!!　エリス様のお好きな食事を準備して待ってます!!」

あまりのトビーの大きな声に、ひぃっー！　と全身を震わせたエリスは、大げさと言わんばかりに手を振り続けるトビーを、視界から消すように急いで馬車に乗り込んだ。

（阿呆《あほう》か……）

馬鹿馬鹿しい。あの様子では、トビーはロレッタの毒殺未遂事件に関わっているかさえ疑わしい。

あれは、くすんだ白か……エリスに頼まれれば、理由も考えずになんでもしそうだなと思える。

（ロレッタのところに戻ろう……）

◆◆◆

アルフレードは、侍女ベラの様子を訝《いぶか》しみながらクロイツ公爵邸へと戻ると、サロンに向かった。

朝食が準備されたサロンには、まだロレッタは来ていない。目の前の準備された朝食に手をつけず、アルフレードはテーブルに置かれた新聞を広げて読みながら彼女を待っていた。

しばらくすると、ロレッタがいつものように妖艶な姿でやってきた。朝食の席にいたのは、アルフレードただ一人だった。

「エリス様は、どうなさったのですか？」

「今日は、早くに行儀見習いにいくと言って城へと出かけたぞ」

やっと来たかと思いながら、アルフレードが気だるそうに新聞を折りたたんだ。ロレッタは、気にせずに椅子に腰かける。

「ロレッタ」

「なんですの？　私の朝は濃いめのお茶でお願いしますね」

マイペースなロレッタが、お茶を頼みながら返事をする。

「今夜も行く」

「お好きにどうぞ」

「そうする」

遠慮してばかりでうまくいかなかった二人。アルフレードは、なんとかやり直そうとしている。それが、ロレッタには初めての経験のようでくすぐったくなってしまい、図らずも上目遣いになってしまったままでジッとアルフレードを見てしまうと、視線が交わった。

「なんだ？」

「なんでもありませんわ!!」

それでも、やっぱりロレッタはツンとしてしまう。

その時に、ロレッタの前にお茶が持ってこられた。

「奥様……お茶です」

お茶を持ってきたのはシンシアで、彼女の姿にロレッタは目を見開くほど驚いた。

「あの……奥様。私……」

オドオドしているシンシアを見て、思わずロレッタの額に青筋が浮かんだ。

「どうして、あなたがここにいるのかしら!?」

「わ、私……あの……」

シンシアに聞いても、どうせ軽快な返事など返ってこないとロレッタが悟る。口ごもったシンシアを放っておいて、すぐに相手をアルフレードに移した。

テーブルに肘をついて青筋を立てたままアルフレードを見る。彼は、何事もないようにお茶を飲み始めていた。

「アルフレード様。どうしてシンシアがここにいるのかしら？　お父様が迎えにきたと言っていたじゃありませんの？」

「迎えにきたぞ。でも、連れて帰ったとは言ってない」

落ち着き払った様子で朝食を始めるアルフレードを、さらに問い詰めた。

「ルビアス侯爵邸に連れていかなくて、どうするんですの!?」

「彼女はクロイツ公爵家で保護する。ルビアス侯爵に頼らなくても問題はない。だから、お帰り願ったら、すぐに帰ってくれたぞ」

「私を、騙したのですね!!」

「人聞きの悪いことを言うな。勝手に勘違いしたのはロレッタだ」

「事件は解決してないのですのよ!?」

「どうせすぐ終わる。終われば……」

今度は、アルフレードの言葉を無視してシンシアに向き直った。

「シンシア。あなたはここにいたいの？」

「もちろんです。奥様はいい人です」

「それは、よくわかっているけど、あなたでは、ここは無理よ？」

「で、でも……」

また泣きそうになるシンシア。その様子を見ていたアルフレードが、もっと言い方というものがあるのではないか、と言いたげに呆《あき》れた。

「おい。人の話を遮るな。それに、シンシアを気にしていたんじゃないのか？」

「まぁ……そうですね」

「まったくそんな風には見えないぞ？」

「おかしいわね……」

腕を組み長い足を組んで悩むロレッタに、アルフレードが、何を言っているんだ？　と言わんばかりにさらに呆《あき》れていた。

「わかりましたわ。あなたは、私の靴でも磨いてなさい。あとで一緒に出かけましょう」

「は、はい。すぐに!!」

雑用を頼まれたのに、花を咲かせたような明るい表情を見せて、いそいそとロレッタの靴磨きにいくシンシア。彼女を見て、アルフレードはこれでいいのか、と疑いの眼差《まなざ》しだった。

「ロレッタ……本当に彼女を気に入っているのか?」

「もちろんですわ。あの娘は、私を救ってくれようとしましたわ。あの弱虫が、ですよ。あの娘には、情とちっぽけな勇気がありますわ。それに、私は安い女ではないのですよ。その私を助けてくれたあの娘に恩を返すには十分な理由ですわ」

「確かに、シンシアが少量とはいえ、すぐに解毒剤を口に含ませたからロレッタは助かったのだろうな……俺からも何かしよう」

「私は毒ごときに負けませんけどね」

「だから、死にかけていたんだよ……」

呆《あき》れ呟《つぶや》くアルフレードを前にして、ティーノの作った朝食をロレッタは食べ始めていた。

ふわふわのオムレツは相変わらず美味《おい》しい。冷たい顔のアルフレードは、時おり愛おしそうにロレッタを見つめて食事は進んでいった。

◆◆◆

「おかしいわね……誰もいないわよ?」

外出禁止の解けたロレッタは、シンシアと下僕《フットマン》のジュノとマークを連れて街にやってきていた。

シンシアが毒を買ったという路地裏に来たけど……シンシアが案内した場所は街の中心ではなく、貴族などほとんど来ないような質素で土道の続くあまり人のいない場所だった。

薄暗いだけで木箱が積んであるぐらいだ。何の変哲もない裏路地には、冷たい風が吹き抜けていった。

「で、でも、確かにここでした……」

怪しいどころか命を奪う薬だったから、売った方も捜査の手が伸びないようにしばらく逃げたか、売り場を別にしたのかもしれない。または、依頼を受けてから売る場所を指定してくるのかもしれない。

「無駄足だったわね」

「す、すみません!!」

「この場所も、アルフレード様に伝えたの？」

「は、はい!!　旦那様には、すべてお伝えしました!!」

（では、もう私では見つけられないかもしれない）

アルフレードが動き出すということは、王宮騎士団も水面下で動かしているのかもしれない。そう思えば、ロレッタ一人よりも早くに発見されるかもしれない。

「でも、奥様。一人で売人を捕まえようとするなんて……」

「何を言っていますの？　私が売人なんて捕まえるわけがないでしょう？」

「えっ？」

ジュノが心配そうに言う。でも……

（むしろ、そんな貴重なものを扱う売人なら手下に欲しいぐらいですわ!!　でも、その売人がいないなら、もう用は無くなりましたわね……）

せっかく、やっと売人にたどり着けるかもしれないと考えたのに、どうも無駄足を踏まされた気分になる。

「仕方ないですわね……あなたたちは、もうお帰りなさい」

「奥様は、どうされるのですか？　そばで待機しておきますけど……」

マークが言う。

「私はね。お茶は一人でゆっくりといただきたいのだけど……」

でも、この三人は悪女であるロレッタに忠実に仕えてくれている。そう思えば、何か労《ねぎら》いたい気分が起きていた。

「でも、そうね。一緒に来てくれたし、やっぱりお茶はご馳走《ちそう》するわ。いらっしゃい。馬車に戻りましょう」

「「「は、はい!!」」」

三人が声を揃《そろ》えて返事をする。その三人を引き連れて路地裏を出ようとすると、背後から微《かす》かに物音がした。

物音を察したロレッタは、足を止めた。嬉《うれ》しそうな三人は、そのまま路地裏から出ようと歩いている。

三人を引き留めることをしないロレッタは、笑いが出そうな口元を指で軽く押さえた。

カツンとしたヒールの音もしなくなると、路地裏に面した古くさい木の扉が軋《きし》んだ音を立てて開いた。

ゆっくりと振り向くと、顔を隠すように帽子を目深に被った男が出てきた。

古くさいマントで身体《からだ》をすっぽりと覆っているのは、身体《からだ》つきを特定されないようにするためだろうか。その男に、ロレッタは穏やかに話しかける。

「ねぇ、あなた。この辺に怪しい売人はいないかしら？」

「ごほんっごほんっ……ば、売人ですか……でしたら、お望みのところにお連れしますよ」

咳払いしながら、怪しい男が声を低くしてそう言った。

「まぁ、とっても嬉《うれ》しいですわ。では、よろしくお願いしますわ」

「で、ではこちらに」

(やはり日頃の行いがいいからかしら。売人に会えるかもしれないですわ)

怪しい男に怯《ひる》むことのないロレッタがにこりと笑うと、怪しい男が出てきた扉の中に案内された。

中に入ると、殺風景で簡素な部屋だった。古い木箱に今にも壊れそうな木の机。お酒を飲んだあとのような空き瓶までもが転がっている。掃除すらなされておらず、埃《ほこり》っぽい空気が漂っていた。

この店舗は使われていないはず。表通りの店が使っていたのだろうけど、こちらは路地裏のそばだから潰《つぶ》れたのだろう。

「ふふふ……」

いかにも売人が潜んでいるような光景に笑いが零《こぼ》れた。怪しい男の帽子の下からは、ねっとりとした視線を感じる。

「こんなところで取引をしているの？　人目を避けているのね……で、売人はあなたかしら？」

古びた部屋には、他に人がいる気配はない。気配など悟れないロレッタだが、いるのはこの怪しい男と自分だけ。そう思えば、この怪しい男が売人だと簡単に察しはつく。そもそも、姿を現わした時点で売人だとロレッタに隠す気はないのだろう。

その売人が、目深に被っていた帽子を上げる。その顔を見てロレッタは呆気にとられるほど驚いた。

「……がっかりだわ」

「こんな状況でも、余裕だな!!」

そこにいたのは、ロレッタを取り調べた警騎士Aだった。

憎々しい表情で、ロレッタを睨《にら》みつけている。その彼を見て、ロレッタはあからさまにがっかりした。もっと優秀な売人だと思っていたのに、違ったのだ。

自分の読みが外れたことに、心底落ち込んだ。

「本当にがっかりしましたわ。慎重な売人だと思っていたら、あなただったなんて……私の毒殺未遂事件から姿を現さなかったのは、そういうことだったのね。色々考えて損しましたわ」

「ふざけるな！　お前のせいで俺は、アディル様に……!!」

何も追及してないのに、ぽろりとアディルの名前を口にした警騎士Aはひどく焦っていた。

シンシアに毒を売ったのは、この警騎士Aだった。アディルの指示だったのだろう。そもそも売人ではなかったから、捜しても見つからなかったわけだ。

シンシアに毒を売ってから、この警騎士Aは、普通に警騎士団に勤めていたのだから、売人をしていないのだ。

その間に捜しても、売人など見つかるはずもなかった。

(何のために毎日毎日……本――っ当に毎日のように、誰の力も借りずに一人で街に出て捜していたのかしらねぇ……)

はぁー、とあからさまにため息を吐《つ》いた。

「こんなに私をがっかりさせて、あなたどうするおつもりなのかしら？」

「ふざけるな!!　お前のせいでこっちはクビになったんだぞ!!」

「アディルに切られたのね」

「クッ……でも、俺は運がいい!!　あのメイドを張ってたら、お前が一人になったんだからな!!」

馬鹿馬鹿しい。

すると、施錠のされた扉が壊れるほど叩《たた》かれた。

「「奥様！　奥様――!!」」

ジュノとマークが一斉に叫んで扉を叩《たた》いている。

「あらあら、大変ねぇ……今にも飛び込んできそうだわ」

「お前が終わったら、すぐにでもあのメイドたちも始末してやる」

「やっぱりシンシアを狙っていたのね。あの天涯孤独の平民なら、狙いやすいものね。下僕《フットマン》二人も一緒に連れてきて大正解でしたわ」

「その護衛二人は、あのメイドと馬車乗り場だ!!」

「今は、必死で扉を叩《たた》いていますわよ」

「うるさい!!　お前が終われば、すぐに追いかけてやる！」

どうやら、こっそりロレッタたちの様子をうかがっていたらしい。

「別に私の護衛でもありませんけどね」

ロレッタたちを始末して逃げる気なのだろうけど……確かにここに来たことは、ロレッタたち四人しか知らない。いなくなってもすぐにはバレないだろう。

アディルにクビを切られて、後ろ盾を無くした警騎士Ａは、シンシアからの証言を恐れていた。証言を恐れて売人は逃げたのかと思っていたけど、この男は警騎士の仕事があるから、逃げることができないと思っていたようで……

のん気に話すロレッタに、突如警騎士Ａが飛びかかってきた。

軽いロレッタの身体《からだ》は、簡単に古びた木の机の上に押し倒された。警騎士Ａが、ロレッタの上に馬乗りになっている。

勢いよく押し倒されたせいで、木の机が音を立てて軋《きし》む。勢いで倒されてロレッタの膝が立ち、ドレスのスリットから長い足があらわになる。そのドレスのスリットに、ロレッタはそっと手を伸ばした。

警騎士Ａは鈍いのか、そんなことにも気付かない。

「警騎士Ａ」

「誰がＡだ!?」

「八つ当たりはやめてもらいたいわね。それに、私に触れることを誰が許したのかしら？」

「強がりを……っ!!　ひっ……!?」

いつの間にか突きつけられたナイフが警騎士Ａの首に添えられており、彼は微《かす》かに悲鳴を上げてたじろいだ。

少しずつ右に動いているナイフの跡には血が滲《にじ》み出て、今にも流れ落ちそうだった。

「ねぇ、このまま横に思いっきり引けば、首の動脈もキレイに切れると思わない？　きっと反応の鈍いあなたでも、真っ赤な血は噴き出ると思うの」

赤色が、特に深紅のような赤色が大好きなロレッタが怪しげな笑みを見せると、警騎士Ａは恐怖を滲《にじ》ませて冷や汗を流した。

ナイフに恐怖した警騎士Ａは、ロレッタを殺そうとするのを躊躇《ためら》った。

焦りも迷いもないロレッタに、今にも殺されそうになっている。一瞬で形勢が逆転したのだ。

「どこからナイフを……っ、ナイフを隠し持っていたからあの時身体検査を拒否したんだな!!」

「だから何？　私の身体《からだ》を探るなんてできるわけがないでしょう？　私は安い女ではないと言ったはずよ。それに、私が傷つけられれば、へこむとでも思っていて？」

首に添えているナイフをゆっくりと動かしながら血の跡を作り言葉を交わしていると、その瞬間に扉が吹き飛んできた。

「ロレッタ!!」

その衝撃に、肩を震わせて躊躇した警騎士Ａの身体《からだ》が離れる。

馬乗りになられた身体《からだ》が軽くなったと思えば、アルフレードが警騎士Ａを乱暴に投げ捨てた。

「ギャッ……!!」

警騎士Ａの下品な悲鳴と共に、彼が倒れる鈍い音がした。それと同時に、警騎士Ａと入れ替わりで、アルフレードが心配そうな様子で飛び込むようにロレッタの上に現れた。

「アルフレード様？」

「大丈夫か!?」

「もちろんですわ。あの鈍い騎士が、私に手を出せるはずがないでしょう？」

ロレッタの身体《からだ》を支えながら起こす彼の顔には、よほど急いできたのか汗が流れている。

「……心配しました？」

「した……街の売人探しに出していた見張りに用事があってきていたら、ロレッタがいなくなったと言って、シンシアと御者が血相を変えてやってきて……ジュノとマークがここをずっと叩《たた》いていたから、すぐにわかって助かった……」

　仕事に行ったかと思っていたら、事件の解決のためにこんなところまで人を動かしていたなんて知らなかった。怪しい人物がいればすぐにアルフレードに報告が上がることになっていたらしい。

「でも、売人はあの男ですわ」

「なんで売人がロレッタを殺そうとするんだよ……」

「あれは、私を捕らえた警騎士Aですわ。私のせいでクビになったと、逆恨み満載ですわね」

「なんだと……！」

アルフレードが警騎士Aを睨《にら》むと、すでに平民に偽装していた数人の騎士たちに彼は押さえられていた。警騎士Aは、身体《からだ》を丸くしてこの世の終わりのように呻《うめ》いている。

「うるさいですわねぇ」

警騎士Aの呻吟《しんぎん》に苛ついて、思ったままにロレッタが淡々と言う。

「自業自得だ」

アルフレードが、冷酷な様子で言った。

そして、ロレッタは血のついたナイフをハンカチでそっと拭いて元の場所に隠した。

◆◆◆

警騎士Aは捕らえられて、ロレッタはそのままアルフレードと共に城へと連れていかれていた。

アルフレードは警騎士Aの後処理があるが、ロレッタは休ませると言って簡単な聞き取りだけで解放してくれた。

しかし、警騎士Aはアディルの名前を出したのだ。もう無関係とは思えない。

ロレッタは、アディルとの逢《あ》い引《び》き場所を思い出しながら城の廊下を歩いていた。

（一体どこにいるかしらねぇ。お父様のディルクでも借りてくればよかったかしら？）

彼は、ルビアス侯爵である父親の懐刀と言ってもいいほどだ。密偵もできる彼なら、すぐに証拠を押さえてくれるのだろう……でも、借りをつくるのは癪《しゃく》に障る。

（大体、一ヶ月も猶予をあげたのだから、もっとのらりくらりと、果てしなくゆっくりと犯人捜しをしてくれればいいものを……私まで動く羽目になってますわ）

少しだけ、アルフレードにも苛ついてしまう。ロレッタは、シンシアを容疑者にしないために、準備が整うまでは動く気はなかったのだ。

「誰かを守るのは、大変なのね……」

いや、ロレッタが動かなくても、この勢いで犯人を捜しているなら、すでにアルフレードは気付いている。エリスを別邸に移したのは、そういうことだ。

（でも、エリス様のあの自信はどこからきていたのかしら？　前クロイツ公爵と何か約束でも交わしていたのかしらねぇ……）

お城での、アディルの逢《あ》い引《び》き場所を思い出しながら進む。

ひと気のない裏庭を見下ろせる二階のバルコニーへとたどり着くと、ロレッタの予想は当たっていた。そもそも、このバルコニー自体が人が来ないような場所だ。

休憩するための椅子一つない出窓を大きくしたような小さなバルコニー。そこから、裏庭を見下ろす。

そこには、人目を避けて二人でいるエリスとアディルが何かを話していた。

（……つまらない。予想通りでつまらないですわ）

でも、何を話しているのかはわからない。

「暇だから今度、読唇術でも覚えましょうかしら……」

一人そう呟《つぶや》いた。会話が読めないロレッタは、二人を見下ろすのを止めてバルコニーの手すりにもたれたままで腕を組んでいると、バルコニーの硝子張りの出入り口が開いた。

「ロレッタ。何をやっているんだ？」

「よくここがわかりましたね」

そう言って、ロレッタは下にいる二人を示唆するように指差した。アルフレードは、指差された先を見て近づくと、軽く手すりから見下ろす。

「ここがアディル・ロアールの逢《あ》い引《び》き場所だと知っていたのか？」

「もちろんですわ。あの男、この私も同じ逢《あ》い引《び》き場所に連れてきたのですよ？　面白くもなんともない、芸のない男でしたわね」

アルフレードがここに来たということは、アディルを調べていたということだ。

お城の夜会でも、アディルに何度も連れてこられたことがある逢《あ》い引《び》き場所。それは、アディルが付き合っていた女を引き込む格好の場所として有名なのだろう。

アルフレードはロレッタを警騎士団に迎えにきた時も、黒幕の予想はついていると言っていた。

もう色々気付いている。

ロレッタと接点がないと思われたシンシアでも気付いたくらいなのだ。

「……アディル・ロアールとは深い仲だったのか？」

「ベッドにインした仲ですわね」

ロレッタがさらりと言うと、アルフレードはその場にしゃがみ込んでしまった。ロレッタもしゃが込み、彼の目の高さに合わせる。

「大丈夫ですの？」

そう聞くと、ツンとしたアルフレードに突然腕を引き寄せられ、ロレッタは身体《からだ》のバランスを崩した。その瞬間、唇を奪われた。

重ねられた唇も背中に回された手も力強い。

……ゆっくりと唇が離れていくと、コツンとアルフレードの額がロレッタの額に当たった。お互いの顔が近い。

「……最近、積極的ですわね」

「ロレッタのことを考えて待っていても、ロクなことにならんということがよくわかったからな」

「……ベッドにインしたといっても、最後まではいたしてませんからね」

「別に気にしない」

それはウソだ。少なからずアルフレードは怒っている。抱き寄せられた腕の中でそう思う。

彼は、ロレッタが男といるだけで不快感を示していたのだ。今思えば、怒った表情を見せたのは、そういうことだったのかもしれない。

でも、ロレッタと前世の記憶を思い出した自分とが完全な別人格なら、ロレッタに良かったねと言える気がする。遊んでいたことを悔いていたロレッタをアルフレードは受け入れていたのだ。ウソでも気にしないと言ってくれる。

アルフレードの腕の中で、少しだけくすりと笑みが零《こぼ》れた。

「複雑ですわね……」

「何がだ？　事件ならもうすぐで終わるぞ」

「そのために朝から出かけていたのですの？」

「ベラがいまだに目覚めない。それで、一つの仮説を立てたんだよ。それを調べるために色々動いていたら、ロレッタの報告がきて……」

ベラが目覚めない？　医師は私よりも早く目が覚めるだろうと言っていたのに……少なくとも、アルフレードの飲ませた解毒剤のおかげで、身体《からだ》の異変は収まっていた。

（怪しいですわ）

「見つかったぞ!!　アルフレードの仮説は正しかった!!」

アルフレードの腕の中にいるその時に、ロベルトが叫びながら勢いよく扉を開けた。

「す、すまん!!　邪魔をしてしまって……!!」

ロレッタとアルフレードの様子を見て、ロベルトが顔を赤く染める。

人前でこんな姿をアルフレードが見せたことはないから、すぐに離すのだろうとロレッタが察し、自然と身体《からだ》を離すために立ち上がろうとした。

すると、それを止めるかのように肩に置いていたアルフレードの手に力が入る。

男らしくて逞《たくま》しい手に心臓が脈打っていた。この腕の中に、ずっといたかったとロレッタは自覚した。そんなロレッタを、アルフレードが支えて立ち上がった。

お互いに立ち上がり逢《あ》い引《び》き場所を見下ろせば、いつのまにかアディルとエリスの二人はすでにいなかった。

「……解毒剤をまだ持っているか？」

「……ありますわ」

「なら、使わせてもらっていいか？　仮説が正しければ、いや、間違いはない。ベラはそれで目覚めるはずだ」

アルフレードは、彼が考えたベラが目覚めない理由をロレッタにも打ち明けた。それは、薬師であるロベルトを含め、至極納得のいくものだった。

◆◆◆

クロイツ公爵邸へと帰宅すると、すでに夕闇が下りていた。

その薄暗い時間に、エリスのいる別邸に一人用のお茶のテーブルを持ってこさせて、お茶を準備している。

その様子を見てエリスが怒っていた。

「どうして、ここで飲むのですの!?」

「いけないかしら？　私は、今日はお仕事を一つしましたから疲れているのですよ。喉がカラカラですわ」

売人であった警騎士Aのおかげで、ロレッタは護身用のナイフを出す羽目になった。

あれは、ロレッタの暗器だったのだ。

（おかげで、アルフレード様にバレてしまいましたわ。暗器は秘密にするものなのに）

余計なことまでバレてしまったと思いながら、ため息をわざとらしく吐《つ》いて、準備された椅子に座った。

テーブルにはいろんな種類のお茶が並べられて、シンシアが下手くそながらもお茶を淹れ始めた。

この別邸の居間でお茶を優雅に飲むロレッタに、エリスは今にも沸騰しそうなほど怒っている。

「アルフレード様。お連れしました!!」

アルフレードの連れてきた騎士が数人。彼らは、アルフレードの部下の王宮騎士団だ。青地を基調とした騎士服は精悍で、陛下たちの警護につくにも相応《ふさわ》しい装いだった。

その中の一人が、ベラを抱えて居間に連れてきてソファーに寝かせた。

「どういうこと!?　アルフ様、これは、なんですか!?　ベラはまだ寝ているのですよ!?　乱暴な真《ま》似《ね》はよしてください!!」

エリスは、青い顔でアルフレードを問い詰めた。

ベラの様子を見ると、死んだように眠っているままだった。明らかにロレッタの時と違う。

「エリス。ベラを目覚めさせる」

「……っ!?　どうやって……あなたが、何か吹き込んだのね!!　出てってよ!!　ここは、アルフ様の邸で……っ!!　私の部屋でお茶を飲まないでよ!!」

「……あなたたちが余計なことをしなければ、きっとそうなっていたでしょうね」

「ふざけないでよ!!　あなたみたいな悪女はアルフ様には相応《ふさわ》しくないわ!!」

エリスは、お腹《なか》の底から叫んだ。それをアルフレードが冷ややかに止めた。

「エリス。口の利き方に気をつけろ」

「どうして……おじ様は、私とアルフ様を結婚させたがっていたのよ？」

「だが、結婚しないと決めたはずだ。それに、なぜベラが目覚めないのか、わからなかったのだろう？　俺たちもベラの事件がなければ、毒の成分が正式に判明することも、証拠を見つけることもなかった」

喚《わめ》くエリスに、アルフレードが一つの小瓶を出した。

「これがなんだかわかるか？　ベラが目覚めないのは、薬の成分が一つだけ合ってないからだとは思わなかったか？」

「なんの話……？」

「毒の成分が判明した。何を混ぜてそれをどこから調達したかもな……あれは、毒だけではなく、仮死状態にするためのものだったのだな。これは、毒を買った時にセットで受け取った解毒剤だ」

「し、知らないわ……!!」

「しらを切りたいなら勝手にいつまでも続けていろ。ロベルト。飲ませてくれ」

アルフレードが持っている小瓶は、ロレッタが鏡台に隠していた小瓶。それをエリスのいる別邸に来る前に彼に渡した。

アルフレードに出された小瓶を見て、心乱されているエリス。彼女に追い打ちをかけるように、アルフレードが解毒剤入りの小瓶をロベルトに渡した。

緊張感の漂う中で、シンシアがロレッタにお茶のおかわりをそっと淹れる。

「シンシア。お茶の淹れ方が雑よ。入れる量も考えて淹れなさい」

「は、はい!!　奥様!!」

「ちょっと、そこは黙ってろ!!」

アルフレードはベラに向けた顔を動かさず、ロレッタたちに呆《あき》れてそう言った。

その間に、ロベルトがスポイトで吸い取った解毒剤をベラの口に含ませると、ゆっくりと喉が動いた。

「エリス。ベラは、目覚めても同じように君の味方だと思うか？」

「やめて……っ！　私は何も知らないわ……!!」

焦りを隠せないままで、顔を背けるエリス。スカートを握りしめる手は感情を表すように震えている。ロレッタはクッキーをかじりながら、それを観察していた。

「エリス。ロレッタに飲ませた毒の解毒剤は、シンシアが持っていたんだ。誰も知らなかったが、シンシアはロレッタを助けようとして、その解毒剤をすぐに口に含ませたらしい。だから、ロレッタは仮死状態にならなかった。毒の治療だけで助かったんだ」

「…………」

言葉を発せられないままで、エリスがその場に崩れるようにへたり込んでロレッタとシンシアを見た。気の弱いシンシアは、エリスの視線に怯《おび》えたようにびくりとする。

ロレッタは涙目になっているエリスと目が合うと、にこりと笑顔を見せた。

「ベラに買ってくるように頼んで、毒を受け取りにいかせたのだろう。だが、ベラは、いつもの買い物にいかせるようにシンシアに毒を買いにいかせて、毒と一緒に解毒剤も受け取ったのだ。でも、それをシンシアは入れ替えていたんだよ」

そう言って、腰を抜かしたように座り込んでいるエリスに合わせてアルフレードも腰を下ろした。ベラがシンシアに毒を買いにいかせているなどエリスは知らなかったのか、潤んだ目を開いて驚いていた。

「エリス。解毒剤を持っているはずだ」

「……持ってないわ」

わなわなと震えて、往生際悪くエリスが否定する。

「……持っている解毒剤は、砂糖水だそうだぞ。甘いにおいがしたから、シンシアが買った小瓶に砂糖水を入れ替えて渡したそうだ。エリス。それをベラに飲ませても目覚めなかっただろう？」

「砂糖水……」

本物の解毒剤を入れ替えられていたことなど、エリスたちは知らない。シンシアは気付かれずに入れ替えたし、本物の解毒剤はロレッタがずっと持っていたのだから。

入れ替えられたことなど知らないエリスは、その砂糖水の入った解毒剤をベラに飲ませていたはず。

ベラが自作自演で毒を飲むなら、死なないように必ず先に解毒剤を含んでから毒を飲んだはずなのだ。でなければ、そんな恐ろしいものを、いくら大好きなお嬢様に言われたからといって自殺を強要されるも同然の行為をするはずがない。

でも、目覚めない。エリスは焦っていたはずだ。

だから、ベラの事件の時、トビーがアルフレードの指示で下僕《フットマン》たちに部屋へと引きずられている時に、すでに青ざめて見ていたのだ。

それに、砂糖水だったのは……

「シンシア……小瓶はお高いものだったのかしら？」

「私……あまりお金を持ってなくて……」

「でしょうね」

シンシアは下級メイドで、何の資産もない。薬屋の瓶は普通の雑貨屋の小瓶よりも高いのだ。小《こ》賢《ざか》しいことすらできない気弱なシンシアでは、砂糖水以外のものを入れるお金も考えもなかったのだろう。

その結果、エリスが持っていた解毒剤は偽物。ただの砂糖水を飲んだからといって毒には効かない。だから、ベラは死んだように眠っている。

「シンシア。あなたのせいで事件が複雑になりましたわ」

「す、すみません……私……」

「でも、あなたのおかげで、事件の真相にたどり着きますわ。よくやりましたわね」

「奥様……」

胸を熱くしたようにじんときているシンシア。この娘は、ずっと褒められずにいたのだろう。そんな哀れな境遇なのに、ロレッタをクビ覚悟で助けたのだ。

ロレッタは、その小さな勇気と健気さに恩を感じていた。

アルフレードとの関係に悩みながらも、ロレッタはシンシアを助けようとしていたのだ。だから、ロレッタはすぐに何も動かなかった。

その間も、アルフレードはエリスに解毒剤のありかを聞き出そうとしている。

「エリス。解毒剤を出さないなら、こちらで捜す。以前は毒に関するものを捜していたが、今は違う。砂糖水やシロップ関連を捜せばいいのだからな」

「やめて……!!　アルフ様が私を疑うなんておかしいわ!!」

エリスがアルフレードに縋《すが》りつくと、それを冷たい瞳で彼が振り払う。そして、騎士たちに指示をした。

「砂糖水。シロップ関連を捜せ!!　小さな小瓶に入っているものだ!!　この別邸すべてだ!!　邪魔する者は、捕らえろ!!」

「「はっ!!」」

騎士たちが一斉に返事をして動き出した。もう誰も止められない。

以前は解毒剤がすり替えられているなど知らなかった。だから、エリスたちの元から解毒剤など見つからなかった。

捜査されているクロイツ公爵邸に毒自体がいつまでも置いてあるというのも、考えにくいことだっただろうし……

でも、今は違う。臆病風に吹かれたシンシアが、誰にも知られずに砂糖水に入れ替えていたことがわかったのだ。

砂糖水の入った小瓶など誰も疑わない。携帯用のシロップぐらいにしか思わないだろうから、毒と結びつけたりしなかったのだ。

そのおかげで、エリスたちは図らずも捜査を免れていたけど、解毒剤が見つかれば、毒そのものが見つからなくても今はそれが証拠にもなる。

シンシアが証言したものがエリスの別邸で見つかるなど、犯人も同然だということだ。

アルフレードが証拠を確実に押さえるために、エリスを別邸に移したのだろう。そうすれば、この別邸全体がエリスに関わりのあるものだということになる。

アルフレードは毒殺未遂事件に関わりのあるものが、エリスと一緒に移されると確信していたのかもしれない。そうなれば、クロイツ公爵邸を探すよりもずっと早くに発見できる。

（こんなに早く、確実に追い詰めるなんて……一ヶ月と期限を決めたからかしら？）

そして、クロイツ公爵邸にいるロレッタたちは容疑者から外れた。

そのうえ、シンシアをベラたちから引き離したことで、彼女自身と証言を守ったのだ。

「クロイツ公爵家でシンシアを保護すると言ったのはウソじゃなかったのね……」

誰にも聞こえないほどの微《かす》かな声でそう呟《つぶや》いた。

アルフレードは、ロレッタの守りたいものを守ってくれたのだ。シンシアはきょとんと首を傾げて、ロレッタを見ていた。

その時に、解毒剤を飲んだベラがうっすらと目を覚ます。

「凄いわ……特効薬なのね」

なかなかいい解毒剤だと感心する。欲しい。

ロレッタは、平然としたままお茶を飲みながら、そう思う。

そして、誰よりも驚いているのはエリスだった。解毒剤が偽物だと確信したからだ。それは、シンシアの証言を裏付けるには十分な事実だった。

「うそ……そんな……」

力なく座り込んだままのエリスが、それ以上の言葉を失った。

ロベルトが、呆けたように目を開いているベラにゆっくりと、薬師らしく患者に優しく話しかけるように声をかけた。

「ベラ。俺は薬師のロベルトだ。気分はどうだい？」

「薬師さま……私は……」

ベラが話しかけたロベルトを見ると、その彼の後ろには座り込んでいるエリスがベラの視界に入った。その彼女を見てベラは取り乱した。

「キャアァ……!!　イヤァ!!」

「落ち着きなさい。ベラ」

「イヤァ!!　エリス様に殺されるわ!!　あんなに仕えたのにっ……!!」

「やめて!!　ベラ!!」

自白も同然のセリフに慌ててエリスが腰を上げると、ベラは自身を押さえているロベルトにしがみついた。ロベルトは、「大丈夫だよ」とベラをなだめている。

ベラの怯《おび》えようを見ると、やっぱりエリスとベラの二人の自作自演だとロレッタもアルフレードも確信した。

「ベラ。俺が誰かわかるな？」

「だ、旦那様です……助けて……エリス様を私に近付けないでください……!!」

ロベルトに、震えながらしがみついているベラ。冷酷な面持ちのアルフレードが近づくと、ベラは「エリス様から離してくださいっ」と、恐怖して泣きながら懇願していた。そこには、あの意地悪をしていたベラの姿はどこにもなかった。

ロレッタは、テーブルに肘をついたまま冷ややかな眼で見ている。

「ベラ。ロレッタに毒を盛ったのは、お前か？」

「旦那様……私……」

「答えろ。答えられないということは、お前がロレッタを亡き者にしようとしたのか？」

「ち、違います!!　私たちはっ……エリス様が、毒を手配したから、買いにいってほしいと言われて……っ」

それで、いつものように小間使いにしていたシンシアに買いにいかせた。

「エリス様が、奥様を、ちょっと苦しませるだけだと言って……解毒剤も仕込んでいたから、大丈夫だと思って……だから、奥様の、お茶に……っ」

「ロレッタのお茶に、毒を入れたんだな？　解毒剤も一緒に……砂糖水にすり替えられているとも知らずに……」

今にも、呼吸困難を起こしそうなほどの息遣いでベラは話していた。

どうやら、ロレッタのお茶に毒を仕込んだ時に、解毒剤も入れていたらしい。

（仕込んでいたと思っていた解毒剤は、ただの砂糖水ですけどね。そして、私があなたほど苦しまなくて、仮死状態にもならずに済んだのはシンシアのおかげですわ）

人に毒を盛っておいて何を言うのかと思えば、呆《あき》れた発言にロレッタの目尻が細まった。

そのうえ、毒を盛られたのにロレッタは以前と変わらずにクロイツ公爵邸にいた。確かに、普通なら、逃げるところだ。そんなロレッタに、エリスたちは憤っていたことだろう。

（でも、アルフレード様が別れてくれないのですよ）

ロレッタを嫌いなエリスたちは、次の作戦として、ベラが服毒するということを考えついて……

「だから……私……エリス様に言われて……奥様を追い出すために……毒を飲んだんです。でも、あんなに苦しむなんて……!!　奥様の時はあんなんじゃなかったはずなのに……!!」

ベラは、自分自身が服毒しても、ロレッタと同じように大丈夫だと高をくくっていた。自分で毒を飲むという行為が、軽くなってしまったのだ。

「エリス様は、私を口封じに殺そうとしているんです!! 助けて旦那様……っ!」

わぁと両手で顔を覆い、うるさいほどベラが泣きわめいた。

(ふっ……この私が、毒を飲んだからといって、無様に苦しむはずがないでしょう)

自作自演のために毒を飲んで、ロレッタのせいにするつもりだったらしい。そのために予想通り解毒剤も飲んでいたらしいけど……

(何度も言いますけど、あなたたちが飲んだのは、解毒剤ではなくてただの砂糖水ですからね!!)

それに……

「私を殺そうとしても、自分が殺されそうになるのは耐えられないのね……そんな覚悟で、毒を扱うなんて愚かとしか言えないわね」

「やめて!!」

肘をついたままでクッキーをかじりながらロレッタが呟《つぶや》くと、エリスが声を上げた。アルフレードの視線がエリスに突き刺さる。

エリスは、ロレッタに何か言い返したいのに、アルフレードの手前なにも言えない。それどころか、アルフレードの侮蔑を込めた冷酷な表情にエリスは泣きそうになっていた。

それを見ていたアルフレードが、ロレッタからベラへと視線を戻した。エリスは唇を噛《か》みしめて、ベラに向き直った。

「ベラ、違うわ！　私は……私は、ベラを見捨ててないわ。解毒剤だって、すり替えられていることを知らなくて……!!」

エリスが立ち上がってベラに訴えようとするが、ベラにとっては逆効果だった。

「嫌ぁぁ!!　来ないで!!　怖いっ……!!　エリス様が怖いぃ!!」

今にも、いや、すでに壊れかかっているベラに、これ以上の追及は無理だった。それをこの場にいる誰もが悟った。

「エリス。その場から動くな」

「……っ」

低くて感情のない、それでいて強い声色でアルフレードがエリスを制した。彼女は涙目でその場にとどまる。

「ベラを連れていけ。クロイツ公爵夫人殺害未遂の犯人の一人だ」

壊れかけたベラは、弱々しい足取りでフラつく身体《からだ》を支えられながら、騎士の一人に連れていかれた。ベラが抵抗することはない。彼女は今すぐにエリスのいるこの別邸から出ていきたかったのだから。

別邸の周りには、エリスとこの別邸に移された使用人たちが怯《おび》えながら肩を寄せ合って立ちつくしている。その中を、ベラは王宮騎士団が用意した馬車に乗せられていった。

居間でお茶を飲んでいるロレッタの後ろで、お茶のおかわりを淹れるために緊張感いっぱいで待機しているシンシア。彼女の緊張感はそれだけでない。エリスと壊れかけたベラの様子に怯《おび》えていた。

「エリス。やはり解毒剤をベラに飲ませていたんだな。偽物とも知らずに……」

「……殺そうとしていたわけじゃないわ。あの悪妻を追い出したかっただけ。だって、アルフ様と結婚するのは、私だったんだもの」

「何度も言うがお前と結婚はしない。だから、ずっと婚約すらしなかっただろう。それに、俺は言ったはずだ。ロレッタを守ると」

ロレッタは知らなかった。アルフレードがエリスにそんなことを言っていたなど。彼の言葉が胸に刺さる。お茶を持つ手が止まるほどに。

「でも、おじ様はっ……」

「結婚を約束していた父上は、悩んでいただろうな。俺がずっと結婚を拒否していたのだから。でも、無理強いはしなかった。父上とシャムロック男爵の約束であった結婚をしない代わりに、俺はシャムロック男爵家に、王都にある邸のうちの一つを慰謝料代わりに渡す予定だったはずだ。その邸の内装工事が完成するまで残り半年。それまでの期間、行儀見習いで城に通うエリスがこのクロイツ公爵邸に滞在することを許したはずだった。そうだろう？」

行儀見習いで王都にいれば出会いもあるだろうし、いい縁談が舞い込んでくるかもしれない。エリスにすれば、いいスキルアップのはずだった。

それで満足すればよかったものを……

「シンシア……」

「はい!!　奥様!!」

「次は、ラズベリーのお茶にしてちょうだい。バラの花びらを浮かべるのも忘れてはダメよ」

「は、はい!!」

湿っぽい空気が流れる。お茶で気分を変えたくて新しいお茶を頼むと、シンシアはおぼつかない手つきでかちゃかちゃと新しいポットでお茶を淹れ始める。

「奥様、あの……」

「何かしら？」

「バラの花びらはいくつ浮かべたらいいのでしょうか？」

お茶用のバラの花びらを入れた陶器の容器を見せながら、おそるおそる聞くシンシア。

「シンシア……あなたには、修業が必要ねぇ」

「す、すみません!!」

「とりあえず、二つほど浮かべなさい。残りは、お茶のそばにそっと置いておくのよ」

「は、はい!!」

慣れない仕草で、かちゃんと音を立てて陶器の容器を置くシンシアに一言いう。

「音を立てない」

「す、すみませんっ!!」

ダメねぇ……と思いながら、アルフレードとエリスのやり取りの観察に戻ろうと二人を見ると、彼らはロレッタを呆然と見ている。周りの騎士たちもロベルトも呆気にとられていた。

「何かしら？」

「茶は、うまいか？」

「まだまだですわね」

「そうか……だったら、少し静かにしててくれ」

アルフレードが、声音を強調して言う。

「アルフ様!!　あれを見たでしょう!?　あの女は変人よ!!」

「失礼ねぇ……」

この状況でゆっくりとお茶を飲むロレッタに、額に手を当てて困り果てているアルフレード。その時に、砂糖水の小瓶を捜索している騎士たちが戻ってきた。

しかし、うるさい。

別邸中に、トビーの「エリス様!!」という叫び声が響いている。

トビーは、厨房で砂糖水を捜索している騎士たちにまで食ってかかっていたのだ。叫び声がだんだんと遠ざかっていくから、騎士たちに連れていかれているのだろう。

おそらく、この場に呼ばれないトビーは、小瓶をエリスに隠しておくように言われただけなのだろう。エリスに恋慕の情を抱いているトビーなら、エリスの頼みを何の疑いもなく聞いたはずだ。

「あなたと、あの小童《こわっぱ》はお似合いなんじゃないかしら？　結婚すればいいのに」

「い、嫌よ!!　私に、料理人の見習いと結婚しろというの!?」

「だって、その気にさせたのでしょう？　捨て方も下手だわ。どうせ、手に余っていたのでしょう？」

「絶対に嫌!!」

「では、アディルと結婚すればいいじゃない。あの男も公爵になる予定よ？　小者同士お似合いよ」

「……アディル様が欲しがっているのは、あなたよ」

その言葉に、ロレッタよりもアルフレードの視線が鋭くなる。

「……アディル・ロアールが、この毒事件の話を持ってきたのか？」

確認するように、アルフレードが聞く。

「そうよ……そこの変人がどうしても欲しかったらしいわよ」

「私は、変人ではないわよ？」

「こんな状況で、お茶を飲むなんて変人そのものよ!!　しかも、おかわりを何度したの!?　おかしいにも、ほどがあるわよ!!」

(変人と呼ばれても、私は今、お茶が必要なのだから仕方ないですわ)

ロレッタは、悩まし気にため息を吐《つ》いた。

「失礼ねぇ。それに、アディルとは、とうに別れていますけどね」

「同衾《どうきん》までしておいて何を言っているの!?　ちゃんと知っているのよ!!」

「でも、下手くそだから最後まではしてないのよ。自慢話ばかりでうるさかったし……そうだわ。アディルが下手くそだと社交界に言いふらしましょうか？　お股も小さいと言いふらせば、きっとあのプライドの高い男はへこみますわよ？　それを、上からほくそ笑んでやるのはどうかしら？　ほんの一瞬ぐらいなら、楽しめますわよ？」

「一瞬だけ楽しんでどうするのよ！」

「だって、アディルに興味がないのですもの。あの男のために時間を取るなど無駄ですわ。脳には容量がありますのよ？」

はっきり言えば、こんな事件が起きるまでアディルのことなど、すでにロレッタの頭の隅にもなかった。街で再会した時も運命など感じず、忘れていた。

パンと音を立てて両手を合わせ、提案したロレッタの両肩に手を置いてアルフレードが止める。

「それはやめろ」

「どうしてですの？」

「男は繊細なんだよ」

静かな声色で力いっぱい言うアルフレードに、ツンとした。

「私も繊細ですけどね。まぁ、冗談はここまでにしておきますわ」

「こんな時によく冗談が言えるわね!!」

泣いていたエリスが怒り、ロレッタはもう一度お茶を口に含んだ。

「あの……アルフレード様。シロップの小瓶を見つけましたが……」

「ああ、そうだな」

ロレッタたちのやり取りに口を挟めずに、シロップの小瓶がいくつも敷き詰められた木の箱を持ったままの王宮騎士が言う。

アルフレードは、王宮騎士が持ってきた小瓶の箱を指さした。

「エリス。この中から、解毒剤を出せ」

アルフレードは、エリスが解毒剤と思っている小瓶を出させようとする。

エリスは顔を背けて、知らんぷりをした。

「知らないわ……」

「往生際が悪いぞ。嫌なら、シンシアにこの中から選ばせる」

そういって、騎士が見つけてきた携帯用のシロップの小瓶がいくつも入った木の箱を居間のテーブルの上に置いた。

この解毒剤を選べば、エリスは終わり。そのまま、王宮騎士団に連れていかれる。

アルフレードに訴えかけるように涙を浮かべているけど、この場を逃れるすべはもうない。

その時、憔悴《しょうすい》しきった料理人のバルクが騎士に連れられて居間にやってきた。その手には、小さな小瓶を持っている。解毒剤の入っている小瓶とは、形状も色も違う。遮光のためか、色は茶色のガラス素材の容器。明らかに密封度が高い容器だった。

「旦那様……申し訳ありません」

「バルク……何をしにきた？」

「トビーが隠していたものを……お持ちしました」

テーブルがガシャンと音を立てて揺れると、シンシアが口元を隠して怯《おび》えている。それを、アルフレードは見逃さなかった。

「……これが毒なのか？」

ゆっくりとこちらを見るアルフレードに、震えながらもシンシアが上下に首を振る。

バルクが恐れながらと差し出した小瓶の中には、液体は半分も残っていなかった。

ベラが毒を飲んだせいだろう。甘くて飲みやすかったのだろうか。

（本当に、なにを考えているのかしら？）

「トビーが……スティルルームにある果皮の砂糖漬けの中に隠していました。クロイツ公爵邸のスティルルームから……別邸に移った時に、わざわざ一緒に持ってきて……おかしいと思って……」

エリスと共に別邸に移されたバルク親子。その時に、トビーがわざわざクロイツ公爵邸のスティルルームから、果皮の砂糖漬けの大きな瓶を持ってきたという。

その中に、毒を隠していた。しかも、瓶の色が茶色いせいで、柑橘系の果皮の砂糖漬けに隠せば、見た目にはわかりにくいものだった。

スティルルームの管理も料理のメニューも、料理長の管轄だ。料理長であったバルクは、すぐに使わない果皮の砂糖漬けを、なぜ持ってくるのかと、不審に思ったらしい。

スティルルームとは、元々は蒸留のための部屋で、ジャムなどの保存食などもそこに置いてある。砂糖漬けにしていた果皮も、お菓子に使うつもりで作っていただろう。果皮の砂糖漬けなど、あっても不思議ではない。

確かに厨房でお菓子作りに行った時に、トビーが菓子作りを任されていた。バルクは、トビーに料理人として、跡を継がせようとしていたのだ。

「そうか……話は、後ほどしよう」

「はい……申し訳ございません。旦那様。奥様」

アルフレードに毒を渡すと、バルクは深々と頭を下げて部屋を去っていった。

「ロレッタ。毒が見つかったぞ……」

「そうね……きっと、私の負けね」

観念したように言うロレッタの額に、アルフレードが愛おしそうに唇を落とした。毒の小瓶を持った手を、アルフレードがロレッタの手に愛おしそうに添える。

「……好きだよ」

ロレッタにだけに聞こえるように小さく囁《ささや》く。胸に響いた言葉に息が止まる。

シンシアやロベルト、周りのみんなはアルフレードのキスから目を逸らしていた。

……コトンとテーブルの上に置いた小瓶の音が微《かす》かにした。その音にアルフレードもロレッタも我に返ったように動いた。そして、アルフレードはエリスに向き直った。

「エリス。解毒剤も毒も揃《そろ》ったな。これは、アディル・ロアールが準備したものだな？」

「だって……これを飲ませれば、その女を追い出してくれると言ったから……」

しおらしく観念したようにエリスが頷《うなず》いた。

その間も、シンシアがカチャカチャと音を立ててお茶を淹れている。

「大体、アディルに私を渡してどうするんですの。私の心は変わりませんわよ」

「知らないわ。あなたが仮死状態になったら、アディル様が助けにくるつもりだったんじゃないの？」

涙を拭きながらエリスが言う。

（あり得る……あのキザな男なら、颯爽と現れて恩を着せそうですわ）

「それか、仮死状態になったロレッタを、死んだことにして連れていくつもりだったかだ」

アルフレードが付け加えて言う。

「……私は、それ以上は知らないわ。本当よ。ただ、アディル様がこの女を追い出してくれるというから……私はそれだけで良かったのよ」

「馬鹿なことを……何をしてもお前とは結婚しないのに……」

「ひどいわ……私は、ずっと信じて待っていたのに……」

エリスを見ていたロレッタの胸がチクリと痛んだ。ロレッタがいなければ、エリスは幸せな結婚をしていたのだろうか。

でも、それ以上にアルフレードに縋《すが》りつこうとしているエリスが、ロレッタには受け入れられない。

アルフレードがエリスを抱き寄せれば、ロレッタは二人の仲を疑ったままだっただろう。でも、彼は抱き寄せたりしなかった。

「ねぇ、私もあなたのことが嫌いなの。だから、賭けをしない？　今ここで、この毒が入っているかもしれないお茶を二人で飲むの。もちろん解毒剤も飲んでもいいわ。あなたがはっきりと言わないなら、そこの小箱から好きな瓶を選んで、ただの砂糖水を解毒剤と信じて飲めばいいのよ。そうすれば、あなたは解毒剤のことを知らなかった、利用されただけの男爵令嬢として、罪も軽くなるわ」

ロレッタはそう言って、テーブルの上にあるお茶を四つ見せた。

テーブルの上には、茶葉を淹れたポットが四つ。その前に並べられた四つのカップ。カップのそばには、空になった小瓶が置いてあった。

「……入れたのか？」

「入れましたわ。さぁ、どちらを選ぶのかしら？」

「何言って……選べるわけないでしょう!?　自分で毒を入れたあなたには、どれに毒が入っているのかわかっているはずよ!?」

「いいえ。わからないわ。お茶を淹れたのはシンシアよ。それに、私が毒を入れたのは、このいくつも置いてある茶葉の入っている陶器の容器よ。それを、シンシアにも、どれかわからないように混ぜたわ。ここにある茶葉のどれかに毒を入れたの。それをシンシアに淹れさせた」

先ほど、アルフレードにキスされた時に毒の瓶を受け取った。そして、ロレッタは誰にもわからないように適当に茶葉の容器に入れたのだ。アルフレードのキスからみんなが目を逸らしたのも幸いした。

その茶葉を使って、前もって打ち合わせしていたシンシアがお茶を淹れた。

「運が良ければどのお茶にも入ってないし、どれかは毒入りのお茶になっているわ。心配なら、あなたがカップをシャッフルしてもいいのよ？」

　そこには、ここでお茶をするために準備した茶葉入りのポットが四つ並んでいる。

「四分の一よ。さぁ、飲みなさい。あなたが私に飲ませた毒よ。しっかりと味わってちょうだい」

　四つのポットの前に置かれた四つのカップが、毒入りだというだけで威圧感を放っていた。

「い、嫌よ!!」

「どうしてかしら？　これを飲めさえすれば、あなたの罪は軽くなるし、場合によっては何も知らず利用された可哀想《かわいそう》な令嬢になるかもしれないのよ？　毒入りだろうと、普通のお茶だろうと関係ないの。飲みさえすればいいのよ。毒に当たるかどうかはわからないけど」

「毒だったらどうするのよ!?　あなたが入れたのよ!!」

「毒には当たらないかもしれないわよ？　あなたが死んでも私は困らないし……あなたの運次第ねぇ」

　ロレッタがにこりと唇を上げて言う。

　嫌がるエリスは、テーブルの上のお茶を怪しみながら見下ろしている。恐怖を滲《にじ》ませて。

「もし毒だったら……」

「解毒剤がなければ死ぬわね……でも、あなたが飲むのはこのシンシアがすり替えた解毒剤よ。そうでなければ、あなたが利用された可哀想《かわいそう》な令嬢ということにならないから、この砂糖水を解毒剤と思って飲みなさい。知らなかったという事実が大事なのよ」

「毒じゃなかったら……」

「同じことよ。砂糖水だと知らずに解毒剤を飲んで、この毒を飲んだ。あなたは毒のことを知らなかった可哀想《かわいそう》な令嬢だということにできるわ。そして、運がいいから毒入りのお茶に当たらなかった。あとはアルフレード様の庇護《ひご》下に入りなさい。アディルのいるロアール公爵の派閥にはもう与《くみ》することはできないでしょうからね」

エリスが助かるたった一つの希望なのに、飲む勇気さえ持てないエリスが一歩下がった。

「何をそんなに怯《おび》えるのかしら？　私も飲むのよ？　もし、私に毒入りのお茶が当たれば、あなたの望み通り私はいなくなるわ。仮死状態にでもなれば、アディルは嬉々として私を迎えにくるかもしれないわねぇ。それも、あなたには好都合なのでしょう？　それに、お互いに毒入りのお茶に当たらなかったら、事件の犯人をすべて見つけてないことになるから、私はクロイツ公爵家を去るわね……」

毒殺未遂事件の犯人を見つける約束をアルフレードと交わしている。どんな結果になろうと、ロレッタは約束通り動くつもりだった。

「どちらにしても、あなたが今このお茶を飲めば、毒のことを知らなかったことにできるのよ」

悪い条件ではないでしょう？　という笑みを見せるが、エリスには不敵な笑みに見えたようで、ますます青ざめてもう一歩下がった。

「毒入りのお茶を飲んだあとに、アルフレード様に情報を渡せば、それであなたは助かるわ。あなたが先ほどからしていた自白も同然の発言を、この場にいる騎士たちやロベルトも聞いているけど……それもすべてアルフレード様が抑えてくれるわ。それほどアルフレード様・クロイツ公爵には力があるの。私の毒殺未遂事件の捜査を自分でするために、警騎士団たちの捜査や情報を抑えていたようにね」

誘うように、お茶のカップを細くしなやかな指でなぞる。でも、エリスにお茶を取る素振りなどない。それどころか、腰が引けている。

「で、でも、アルフ様は……結婚をしないと……」

「当たり前だ。ロレッタ以外とは結婚をしない。もし、ロレッタが死んでも、そのあとに妻を迎えることはない」

真剣な眼差《まなざ》しで、アルフレードがロレッタに告げた。

（嬉《うれ》しいわ……）

そう思える。その言葉を噛《か》みしめる様に、ロレッタは顔をほんの少しずらした。

そして、ロレッタが少しだけ俯《うつむ》けた頭を上げてエリスに顔を向ける。

「さぁ、飲みなさい」

「い、嫌!!　私を殺すつもりね!!」

「臆病ねぇ……なら、私が先に飲みますわ。でも、私が飲んだら、あなたも必ず飲むのよ。そうでなくては、賭けは成立しないわ」

「……っ」

（あんなにアルフレード様と結婚したがっていたのに、自分の命の方が大事なのね。捕まれば、それこそ結婚などできないのに……）

そう思いながら、迷いなくロレッタがお茶を一つ取った。

緊張感が走るこの部屋の中で、誰もが額に汗している。ロベルトは、ゴクリと喉を鳴らし、シンシアはすでに涙目で震えながら口元を隠している。

アルフレードは、静かにロレッタを止めようとした。

「……ロレッタ。やめろ」

「いいえ。やめないわ。それに私は運がいいんですのよ。私は毒ごときに負けないとも言いましたわ」

目の前のカップを取り、いつも通りお茶を嗜《たしな》むようにロレッタが飲んだ。

そして、こくんと喉が動く。

その瞬間に、喉に痛みが走る。カップをそっと置くこともできないほどに、苦痛が身体《からだ》を走った。

「ロレッタ!?」

「「キャアアーー!!」」

シンシアとエリスが同時に悲鳴を上げる。

視界が揺れ、身体《からだ》が床に崩れていく。その倒れる細い身体《からだ》をアルフレードの逞《たくま》しい腕に抱きとめられた。

そのまま、ロレッタは柔らかに瞼《まぶた》を閉じた。

◆◆◆

月夜の深夜。静まり返ったクロイツ公爵邸を、青白い月の光が怪しげに照らしていた。

ロレッタが自信満々に毒を飲み倒れた。

ロレッタの寝室のベッドの上には、眉一つ動かさない彼女が横たわっている。今は、呼吸もわからないほどに……その彼女だけを月明かりが照らしていた。

そして、明かりを落とした真っ暗なこの部屋に、男二人が窓から侵入してきた。誰にも気付かれずに……

「……人がいなさすぎでは？　一度、引きあげた方が……何かおかしいですよ」

「ロレッタがこんな状態になるのは、もう二度とない。今しかチャンスがないぞ」

暗闇に侵入してきた男が、部屋にロレッタしか見えないことを不審がり、もう一人の男に問う。

ロレッタのことをよく知っているような口ぶりで言ったもう一人の男はアディル・ロアール。彼が、部下を連れてやってきたのだ。

「クロイツ公爵邸の使用人は、数が減っているはずだ。エリスと共に、別邸に移されたらしいからな。だが、急ぐぞ。エリスから至急の手紙が来たが、いつ誰が来るかわからない。……それにしても、ロレッタはいつ見ても綺麗だな……」

忍び込んできたアディルが、恋焦がれるようにロレッタに触れようとした。その指先一つだけでも嫉妬してしまう。

「ロレッタに触るな。俺の妻だ」

その声に、ロレッタに触れようとしたアディルの手が止まった。

「……っ!?」

「誰だ!?」

部屋の隅から聞こえた声に驚いた二人は、声の方向に振り向いた。

真っ暗な闇の中で剣を立てて、一人掛けの椅子に座り二人の様子をずっと見ていたアルフレード。

彼は、アディル・ロアールを待ち構えていた。

「それは、こちらのセリフだ。クロイツ公爵邸へ侵入し、ロレッタに触れないでもらおう」

「アルフレード……!?」

「貴様が余計な懸想《けそう》をしたせいで……」

アルフレードが立ち上がりながら言う。アディルは連れてきた部下の男とじりじりと下がっていく。

「しかも、こんな単純な手に引っかかるとは……ロレッタの言う通りだな」

ロレッタは、アディル・ロアールのことを単純、小物、次期公爵の自分を偉いと思っていると言っていた。だから、つまらない男だったと。

ロレッタを守ろうと、そばに近づきながらアルフレードは呆《あき》れ交じりでブツブツと呟《つぶや》いてしまう。

「……俺は、ロレッタが急変したと聞いてきただけだ。クロイツ公爵家が持ってない薬も持っているからな」

「だからといって、窓から侵入する奴があるか。クロイツ公爵邸には、玄関に下僕《フットマン》たちを配置して、いつ貴様が来てもいいようにしていたのに……来るなら、せめて玄関から堂々と来てくれ」

エリスといい、アディルといい、なぜおかしなことをするんだと、ため息が出る。

アルフレードは、アディルが持ってきている薬が解毒剤だと確信している。その材料を彼は城の薬庫からもらっていたのだ。

公爵家なら、申請すれば城の薬庫からもらうことはできる。アディル・ロアールは、そこから仮死状態にする材料を得て毒と混ぜた。死なない程度に毒も弱めたのかもしれない。

街中の薬屋を調べても、手がかりがないはずだった。街の薬屋からは、毒どころか材料一つ調達してないのだから。

そして、売人と偽って渡したのは、城の薬庫から調達した材料から作られたものだとバレれないようにするためだった。

エリスに毒を手配したからと伝えて取りにいかせれば、誰もアディル・ロアールが作ったものだとは思わない。

シンシアどころか、ベラもトビーもそれを知らなかったのは、そういうことだ。

その間も、アディル・ロアールと部下の男は逃げ道を探ろうと視線を部屋の周りに移している。

「逃げようとしても無駄だぞ。このクロイツ公爵邸は、王宮騎士団が取り囲んでいる。ロアール公爵邸にはなかなか踏み込めないから、こちらに来てもらっただけだ。エリスからの手紙を不審に思わなかったのか？　あれは、俺がエリスに書かせたものだ。彼女はすでに、王宮騎士団に捕縛させている」

「……騙したな!!」

「引っかかったのは貴様だ」

ロレッタの横たわるそばで、アルフレードが冷たく言う。アディルは騙されて顔を赤くして憤っていた。

「アディル様!!　とりあえず逃げますよ!!　こんなところで捕まったら、ロアール公爵様でも助けられませんよ!!」

クロイツ公爵家で現行犯逮捕されれば、いくらロアール公爵でもそう簡単にはもみ消すことはできない。

すると、逃げようとしてアディルの部下が、試験管のような薬瓶を取り出したと同時に、細身のナイフが窓から薬瓶に向かって飛んできた。ロレッタが使っていたナイフと似ている。咄嗟にアルフレードがロレッタを見ても、彼女は先ほどと変わらず横になったままだ。

ナイフに弾《はじ》かれた薬瓶が床に落ちて割れた瞬間、薬品が爆発を起こす。

その爆発の音と振動に、廊下に潜んでいた王宮騎士団員たちが一斉に飛び込んできた。

「クロイツ公爵！」

爆煙が部屋中に立ち込める。誰もが爆煙で周りがよく見えなくなっている。その隙を使ってアディルたちは逃げようとした。

「……っ行きますよ!!」

アディルの部下が彼に向かって言う。その逃げようとしていた部下にナイフを投げた黒装束の男が飛びかかり、床にたたきつけた。それでも、アディルは逃げようとしている。

王宮騎士団は、爆煙でアディルたちの姿が捉えられない。その中でアルフレードがアディルの影を見据えた。

「逃がすか!!」

爆煙の中でアディル・ロアールを視界に捉え、腰から抜剣する。アディルの手にはもう一つの薬瓶。それを狙うように抜剣した剣先が彼の手から落とした。

「……っつ!!」

「一斉に捕らえろ!!」

アディルの落とした薬瓶が割れて、再度爆発した。

アディルの手が斬られて血が流れる。切り傷の血を押さえながら苦悶《くもん》の表情をするアディルを騎士たちが一斉に床に押さえ込んだ。

「離せ!!　俺を誰だと思っている!!」

アディルの部下は「下手なことを話すな」とでも言いたげに、冷静ながらも彼の言動に注意している。その部下の後頸部を、ナイフを投げた黒装束の男が手刀で気絶させた。

「……っ俺を捕らえていいのか!?　俺がいないとロレッタは目覚めないぞ!!」

「お断りだ。貴様の薬などいらん」

「今なら、助かるかもしれないんだぞ!?　今ここで取引をするんだ!!　ロレッタを見捨てる気か!?

冷酷な奴め!!　ロアール公爵家を敵に回すか!!」

アディルが、ロレッタを救うことを条件に取引を持ちかけ叫んでいるのを横目で見ながら、アルフレードは腰に剣を収めた。

その時、美しく透き通るような声がした。

「あなたの取引などお断りよ。取引をするのは、こちらよ」

爆煙の中から響くロレッタの声を聞き、床に押さえつけられているアディルが目を見開いてベッドにゆっくりと視線を上げた。

風に流されて爆煙が消えていく。アルフレードがベッドを守るように立っている後ろには、足を組んで膝に肘をついているロレッタが怪しく微笑んでいた。

「……ロレッタ？　仮死状態だったのでは……？　な、なんともないのか……？」

「ふっ……すっごく気分が悪いですわ!!」

皮肉ったように笑い交じりで答えた。

(気分が悪いのは当たり前ですわ!!　本当に運悪く毒を飲んだのですよ!!)

「自信満々で、毒を飲んだからな」

ロレッタの心の声と同じことを、アルフレードが額を押さえて呆《あき》れて言った。

額を押さえた指の隙間からアルフレードの鋭い目が覗き、騎士たちに押さえられているアディルを見下ろした。

「……だから、言っただろ。ここにおびき寄せるために、エリスに手紙を書かせたと……その時点で、ロレッタは死んでもないし、仮死状態でもないと気付け。解毒剤が残っていたとは思わなかったのか」

そう。ロレッタは、アルフレードと一緒にアディルの逢《あ》い引《び》き場所を覗《のぞ》いた時に、アルフレードの仮説を聞いた。

ベラの毒殺未遂事件で、アルフレードはロレッタの時と違うことに気付いた。ロレッタは目覚めて、ベラは目覚めなかったのだ。

二つの事件で違うことは、たった一つ。解毒剤が違ったのだと。

アルフレードは、目覚めないベラを怪しんだ。そして、あの毒には仮死状態になる薬も調合されている可能性を考え始めた。だからベラは目覚めなくて、本物の解毒剤を少量とはいえ飲んだロレッタは目が覚めたのだ。

解毒剤を毒とセットで渡したのは、万が一間違って飲んだ時のためのものだろう。

そして、アルフレードはエリスたちを捕らえて、ロアール公爵家に踏み込むつもりだった。

アルフレードは、使える権力はすべて使うつもりだったのだ。

そうでなければ、アディルが黒幕だという証拠は何もない。ベラもトビーも、アディル・ロアールのことは知らない。エリスが証言しても、毒を直接渡したのはアディルではないために、彼を逮捕するための証拠にはならない。

警騎士Aが証言しても、警騎士団の上層部にいるロアール公爵家がもみ消す可能性が高かった。

その時、ロレッタは一つの提案をした。アディルをこのクロイツ公爵邸におびき寄せればいいと。

クロイツ公爵邸で現行犯で捕らえれば、クロイツ公爵であるアルフレードの発言を無視することなどできない。

そのためにエリスに毒を飲ませる。

(ここが一番大事ですわ!!)

ロレッタは、エリスに毒を飲ませたくて外出を繰り返して売人を捜していたのに、売人は姿を現さなかった。売人を装っていた警騎士Aは騎士団で仕事をしていたのだから、当然だ。

ロレッタが毒をどうやって手に入れようと考えていた時に、アルフレードがベラを目覚めさせて事件を解決すると言った。

だから、別邸で毒が見つかれば、アディル逮捕のために実行に移すとアルフレードに話した。

彼は、絶対に認めないと言った。でも、毒が見つかればロレッタはやると言い切り……

『なぜ毒を飲むんだ。そんな必要はない。捕まえて終わりだ』

『エリス様に飲ませるためですわね。そうだわ。あの女が助かる道も提示してやりましょう。そうでもしないと、あの女は飲まないでしょうからねぇ』

『そんな危険なことはさせられない。絶対に認めない』

『でも、別邸で毒が見つかれば私はやりますわ。それに、権力を使ってロアール公爵家に踏み込んでも言い逃れされれば逃げられますし、時間がかかるかもしれませんわね……その間に、一ヶ月経てば離縁ですわね。サインの準備はよろしくて?』

『くっ……なら、こちらも条件をつけるぞ』

『なんですの？』

『まず、解毒剤を飲んでおくんだ。必ず、すぐに効くように飲む時間を考えろ。選ぶお茶も毒に当たらない確率を上げるために最低でも四つ準備しろ』

『そんなこと簡単ですわ。それに、私は毒ごときで死にませんわ』

『だから、死にかけていたんだよ!!　あと、もう一つ……』

そう言って、ロレッタとアルフレードは約束をした。

バルクが、自責の念と息子の尻拭いのために毒を見つけてきた時は驚いたけど、ロレッタは思わずニヤリとしそうになった。

(素晴らしいタイミングで持ってきましたからね)

ロレッタと違いアルフレードはヒヤリとしていたものの、彼女に『好きだよ』と愛おしそうに大事なものに触れるように唇を落としてきた。

ロレッタを危険な目に遭わせることになったアルフレードの覚悟だった。

(そして、私はひたすらに別邸で解毒剤入りのお茶を飲んでいたのですわ!!　おかげでお腹《なか》はパンパンですわ!!　一体何杯お茶を飲んだと思うのですの!?)

アディルを見下ろせば、負けが認められずにロレッタを睨《にら》んでいる。その光景が楽しくて、ロレッタは笑顔になった。

「さぁ、取引ですわ。アディル」

「取引だと……取引に応じるなら、すぐに俺を離せ!!」

「いいえ。取引に応じるのはあなたよ」

意味をわかっていないアディルが困惑する。

「取引を持ちかけるのはこちらだ。アディル・ロアール。薬のレシピをすべて渡せ。あの毒と解毒剤を作ったのは、お前だろう」

「そんなことできるか!? あれは、我がロアール公爵家に代々伝わる秘伝の一つだ!!」

アルフレードの取引に、アディルは素直に応じない。

それもそのはず。秘伝書が伝わっている家はいくつかあるが、それを外に出すことはあり得ないのだ。ルビアス侯爵家には暗殺術が密かに伝わっているように、ロアール公爵家には毒薬作りが伝わっていた。

「やっぱりあれは、一般に出回ってないものだったのね。でも、あれが欲しいの。嫌なら、あなたをひたすらに追い込むわ」

ロレッタが、にこりとして言った。

「貴様が応じないなら、この話はロアール公爵に持っていく。お前はそのまま、ロアール公爵に引き渡さずに王宮騎士団で捕らえる。それが、どういう意味かわかるだろ？」

「……っく」

「ロアール公爵家を潰《つぶ》し秘伝の薬を公にするか、秘伝の薬をクロイツ公爵家に密かに渡し、ロアール公爵家を存続させるかだ」

王宮騎士団に捕らえられたら、ロアール公爵家でもただでは済まない。そのためには、ロアールなど考えられない。

公爵はアディルを切るか、秘伝の薬を必ずクロイツ公爵家に密かに渡すはず。秘伝の薬を公にする

「……ロレッタとアルフレードは不仲ではなかったのか？　クロイツ公爵邸でも一緒に食事すらしなかったと……」

「以前、街で会った時も、不仲だと言っていたわねぇ……やっぱり、あなたと私に運命なんてないわね。あの時に、私と再会して驚いたのは、あの毒を飲んだのに、元気で街を歩いていたからなのでしょう？」

「……エリスから、ロレッタが目覚めたと聞いてはいた。悪運強く毒から回復したと……エリスは仮死状態になることを知らなかったからな……だが、まさか、アルフレードがロレッタを迎えにくるなど予想外だった。ロレッタにも、冷たい男だったはずなのに……」

「……ただのすれ違いだ」

「そうね。これが、初めての共同作業ですわね……」

笑みを浮かべて言うと、自然とアルフレードと視線が交わる。彼の瞳は冷たく、だけど不思議とロレッタを想っているように彼女は感じた。

なぜ、冷たい顔をしている彼の想いを込めた視線に今まで気付かなかったのか。ロレッタは、初めて後悔した。

勘が鋭いはずのロレッタだが、アルフレードの気持ちだけはわからないのだ。

「でも、刺激的でしたわ。だから、アディルに情けをかけてあげるの」

アディルは悔しがるが、この場で選択肢などない。

貴族でいたいのなら、クロイツ公爵家に秘伝とやらの毒と解毒剤のレシピを渡すしかないのだ。

「……ロレッタが、俺の求婚を断るから……しかも、アルフレードと結婚するなんて……」

アディルとアルフレードは同い年ぐらいだった。眉目秀麗、文武両道なアルフレード。

自分に自信のあったアディルにとっては、さぞや目の上のたん瘤《こぶ》だったことか。

そのアルフレードと、アディルが恋焦がれたロレッタが結婚した。アディルは、耐えがたい屈辱感を味わっただろう。今も屈辱で顔を歪《ゆが》ませている。

「アディル。あなたの顔は良かったわよ。でも、ダメ。あなたはうるさいし……私の心を動かすことはできないの」

この世で唯一、ロレッタの心臓が跳ねたのはアルフレードにだけ。理屈ではない。

「……毒と解毒剤の調合方法は渡す。ロアール公爵家を潰《つぶ》すことはできない」

「それが、賢明だな。秘伝の薬の調合方法を受け取れば、ロアール公爵との面会を許そう。それまでは、何をしても誰にも会わせない。クロイツ公爵家のすべての力を使って貴様を孤立させる」

「本当にお前は冷たい……」

観念したアディルが項垂《うなだ》れる。そして、アディルは王宮騎士団に捕縛された。

アディルが王宮騎士団に連れていかれ、ロレッタの部屋にはアディルの連れてきた部下を気絶させて押さえている黒装束の男が残っていた。

ロレッタが、ツンとしてその男を睨《にら》んだ。

「……で、どうしてディルクがここにいますの？」

「は？　ディルク？」

騎士たちに、アディルのことを指示しているアルフレードが驚いて、黒装束の男を振り向いた。

「あ、バレてました？」

「一体いつから、いましたの？」

アディルの部下を後ろ手に縛り上げて、黒装束から顔を覗《のぞ》かせると、いつもの穏やかそうなディルクの顔が現れた。

「どういうことだ？　ルビアス侯爵の助けはいらないと言ったはずだぞ」

不愉快な様子でアルフレードが、ディルクを見据えた。

「怖い顔で睨《にら》まないでくださいね。お嬢様が心配で、勝手に来ただけですから」

ルビアス侯爵の手を借りるつもりのないアルフレードが、ディルクに凄んだ。

でもディルクは凄まれても、なんというか飄々《ひょうひょう》として動じない性格だ。

今も、冷ややかな表情のアルフレードに睨《にら》まれてもなんともない。

「……あのナイフを投げたのも、ディルクなのか？」

「そうですよ。薬瓶が爆発物だとは思いませんでしたけど……」

そう言ってディルクが見せつけるようにナイフを指先で軽く回すと、そのまま華麗に腰に隠した。

ディルクのナイフは正確だったはず。ロレッタは寝たフリをしていたからわからないけど、そう確信している。

「アルフレード様。ディルクは私の師匠ですよ。護身術はディルクから教わったのですよ」

「そうなのか？」

「ええ。それに、ディルクが心配という理由だけで来るわけないでしょう？　ロアール公爵家の薬を知っていたわね？」

　父親であるルビアス侯爵に見透かされたみたいで苛立つロレッタが、ムッとして冷ややかにディルクに問う。でも、ルビアス侯爵までもが欲しがる毒薬に、ロレッタはなおさら確信した。

　やはりあの毒は——薬はどこにも出回ってない貴重なものなのだ。

「……今は落ち着いていますが、昔は、ロアール公爵家は暗殺で成り上がった家だと言われていたのは知ってますね。今は権力もあるので、そんな必要もないでしょうけど……その時に、使われた毒がロアール公爵家に伝わっているかも、とは思っていました。アルフレード様は知っていたんじゃないですか？」

「……昔の眉唾な噂話など知らん。だが、薬の調合法は誰にも渡さない。ルビアス侯爵にもだ。あれは、クロイツ公爵家で保管する」

　知らないなどウソだ。アルフレードが毒にたどり着くきっかけはあったのだ。だから、ロベルトではなく、アルフレードが一番に気付いた。

「……賭けは私の負けですわね」

　ロレッタがしおらしくそう言うと、アルフレードが彼女に跪《ひざまず》いた。

「負ける賭けなどしない。だが、こんなに動揺したことはなかった」

そっと、膝の上の手を握られると、熱っぽい眼差《まなざ》しに無言の空気が流れた。

それをディルクが我に返らせた。

「では、俺は帰ります」

にこやかにアディルの連れてきた部下を片肩に持ち上げて、部屋を去ろうとしたディルクが扉の前で止まる。

「そうだ。アルフレード様。あの抜剣はクロイツ公爵家の秘伝ですか？　東洋の抜刀術に似ていましたね」

「……いいから、帰ってくれ」

「では、失礼します」

笑顔なのに瞳だけは鋭いディルクはそうアルフレードに尋ねると、部屋をあとにした。少なくともアルフレードの抜剣に興味があるらしい。

そして、はっきりと答えないアルフレードを見た。

「ディルクは、他言しませんよ。ほっといても大丈夫ですわ。でも、クロイツ公爵家にも秘伝が？」

「……子供ができれば、教える」

「……」

それは、代々クロイツ公爵家、そして当主に伝えるということだ。

アルフレードの男らしい手がロレッタの頬を撫《な》でる。その熱を感じながら、ゆっくりと口を開いた。

「……で、エリス様はどうしましたの？」

(私に毒を盛ったあの女に飲ませようとして、自分が飲んでしまった。日頃の行いは良いと思っていましたのに大誤算でしたわ)

自分の運の悪さに、なんとも言えない気持ちになる。

「エリスは、王宮騎士団に捕縛させた。あのお茶に怯《おび》えて飲まなかったからな。ちなみにシンシアは、またロレッタが毒を飲んだから倒れたぞ」

可哀想《かわいそう》なシンシアは、憧れるロレッタに二度も毒を盛る役目を与えられて、気絶したままだった。

「飲まなかった……？」

「ああ、飲まなかった。そもそも、迷わずに飲んだロレッタとエリスでは器が違いすぎる」

「ということは……私の勝ちですわね!!」

(やりましたわ!!　あの臆病者。毒を飲む勇気すらなかったのですわ。あれほど、毒に当たらないように、四分の一まで確率を下げていましたのに！　その毒に私が当たりましたけど、勝ったのですから、もうどうでもいいですわ!!)

やってやったと、笑いが零《こぼ》れる。心の内は小躍りしていた。

「ロレッタが先に飲んだ時点で、エリスは負けていたんだよ。大体、毒がどれかに入っていると言われてそう簡単に飲むやつはいないだろ」

「やり返すためなら、私は飲みますわよ」

「本当にやめてくれ。エリスのこともなぜそんなに気にするんだ。俺が好きなのはロレッタだけなのに……」

やられたままでいる気はなかった。でも、やったやらないの水かけ論も、エリスたちを簡単に排除するなどつまらないことをする選択肢すらロレッタにはない。

それに、ロレッタを苦しめたあの珍しい毒薬がなんとしても欲しかった。

そして、もう一つ。何よりもロレッタが欲しいと願ったものが目の前にある。

「……アルフレード様。私は、つまらない男も下手くそな男も嫌いなのです」

「……努力する」

ベッドサイドに座ったままのロレッタの顔に手を伸ばして、アルフレードの顔が近づいてくる。

ほんの少しだけロレッタの目の下が紅潮している。

気付かれないといい。

そう思いながら、アルフレードの筋肉質な胸板に手を添えて唇を重ねた。

◆◆◆

翌朝。

目が覚めると、ロレッタは背中から自身を大事に抱きしめているアルフレードの腕の中にいた。

ロレッタが部屋を見渡せば、あの爆発のあった寝室ではない。

そう言えば昨夜、アルフレードに『少し休め』と言われて、『その前にシャンパンで勝利の美酒をいただきますわ』と言った。その時に、すぐに新しい部屋を頼んでいたと思い出す。

毒を飲んだせいで身体《からだ》が疲れていた。シャンパンを待っている間にベッドに倒れるように転がったことまでは覚えていた。

でも、一晩眠ると、昨夜毒から目覚めてすぐにあった気分の悪さはない。毒を飲んだと思えないほど、身体《からだ》はすっきりと正常だった。やはり、普通の毒ではないと改めて思う。

ちらりと後ろを見れば、アルフレードのはだけたシャツは、いつも彼が着ているスーツに合わせたシャツだ。

寝支度もしないで、倒れるように寝てしまったロレッタをアルフレードが別の部屋のベッドに連れてきたのだろう。そして、彼もそのまま寝てしまった。

背後から回されたアルフレードの腕に自分の手を添えて、顔を少しだけ埋めた。ホッとする温《ぬく》もりに、心が癒やされる。

「温かいわ……」

……アルフレードの温《ぬく》もりを味わったロレッタが身体《からだ》を動かそうとすると、しっかりと逞《たくま》しい腕に包まれていた。動けない。意外と力があると思えば、目の前の自分の手にアルフレードの手が重なった。

「起きたのか？」

「ええ。起きましたわ。アルフレード様がこちらの部屋に連れてきてくださったのですの？」

「ここは俺の寝室だ。新しい部屋を急ぎ準備させていたが……迎えにいくとすでに寝ていたからな」

ここがアルフレードの部屋……。よく考えてみれば、ロレッタは初めて来た気がする。

周りを見渡せば、余計なものは何もなく落ち着いた雰囲気の家具が置かれているだけ。調度品すらほとんどない。

アルフレードらしい広い部屋だと納得する。

「身体《からだ》は、大丈夫か？」

「毒ならもうなんともないですけど？　それよりもシャンパンを飲み損ねましたわ」

会話をしているせいで緩んだアルフレードの腕から、ロレッタが朝の気だるそうな身体《からだ》を起こした。アルフレードも起き上がり、後ろから腰に腕を回してくる。彼の顔が自然とロレッタの肩に乗った。

「朝食にシャンパンを用意させている。一緒にサロンで食べてくれるか？」

耳元で囁《ささや》かれてほんの少し首筋にキスされる。背筋がぞくりとした。

首を回すと、すぐそばにアルフレードの顔がある。彼のロレッタを愛おしむ仕草に胸が高鳴った。

ロレッタは、にこりと口角を上げて言った。

「少し気に入りましたわ」

「では、着替えたら来てくれ」

いつも高飛車なロレッタ。でも、これが自分。そして、今の状態に頬を染めたのも自分。

そのロレッタを愛おしそうに抱き寄せたアルフレードの甘くて想いの通じ合ったキスを彼女は受け入れていた。


支度を済ませて朝食の準備がされているサロンに行くと、アルフレードが座って待っていた。

テーブルの上には、朝食には似つかわしくない豪勢な食事が用意されていた。

「なんですの、これは？」

「シャンパンを飲むと言っただろ。それに、昨夜は食事もしなかっただろう」

食事をとる暇などなかった。毒を飲んで倒れていたからだ。

用意されたシャンパンのグラスには、イチゴまで入っていた。シュワシュワとイチゴが泡立っている。ロレッタが勝利の美酒と言ったから、お祝いのつもりだろう。

それとも、事件の犯人を捕まえたからそのお祝いだろうか。

でも、どちらでもいい。

「ふふっ……私の大好きな赤色ですわね」

（これこそ勝利の美酒ですわ!!）

そう叫びたいほど勝利に歓喜した。

ロレッタは、イチゴ入りのシャンパンを満足げに味わい、アルフレードも穏やかな空気を醸し出してシャンパンを飲んだ。それを微笑ましく見ながら給仕しているジュノとマークに、ロレッタは声をかけた。

サロンの入り口では、頭だけはみ出しているシンシアがロレッタとアルフレードの様子をうかがっているのがわかる。

「ジュノ。マーク。そして、そこで様子をうかがっている倒れたらしいシンシア」

「「は、はい!!」」

給仕をしているジュノとマークの手が止まり、廊下からサロンを覗《のぞ》いているシンシアがおずおずと顔だけを出してきて返事をした。

「あなたたちも役に立ちましたわ。だから、ご褒美をあげますわ」

「ご、ご褒美……?」

ジュノがマークと顔を見合わせてお互いに首を傾げる。

「入ってきなさい。シンシア」

ロレッタがシンシアを招くと、おそるおそるサロンに入ってきた。

「美味《おい》しいワインと……そうね。お洋服をプレゼントするわ。私のお古はシンシアには似合わないでしょうしね。ジュノとマークも新しいスーツを仕立てなさい」

ロレッタの派手で妖艶なドレスは、お世辞にも地味なシンシアに似合うとは思えない。

立ち上がったロレッタは、サロンに置いてあるメモ用紙にその旨をしたためる。

「三人で、これを持って街の仕立て屋に行きなさい。私の行きつけのところならば、私のサインをしてあるから、これでわかるでしょう。好きなものを選ぶのよ。遠慮したら、とどめを刺すわ」

「「あ、ありがとうございます!!」」

ご褒美をもらえるなどと思っていなかった三人が、明るい表情で返事をする。

「ロレッタ。シンシアは君の侍女にでもするか？　彼女なら、ロレッタを裏切らないだろう」

「侍女に？」

（この鈍くさいのを？）

そう思うけど、シンシアなら何があってもロレッタの味方だろうと、アルフレードと同じように思えた。

「そうねえ……でしたら、シンシアは修業に出しますわ」

「どこに修業に出すんだよ……」

「私が子供の頃からいる、ルビアス侯爵邸の家政婦長にでもお願いしようかしら？　鍛えてもらわないと。すぐに倒れられては困るものねぇ」

「普通は、恐怖から倒れるんだよ……自分から、賭けに勝つために毒を飲む奴はいない。だが、修業は賛成だ。侍女としての心得を学べ。クロイツ公爵邸では、シンシア一人に構えないかもしれないからな。いいな。シンシア」

「は、はい！」

シンシアは、ご褒美よりも、喜びと突然の提案にびっくりして上ずった声で返事をした。

アルフレードは、このあとルビアス侯爵に手紙を出すという。ロレッタのために、クロイツ公爵としてお願いするのだ。

「さぁ、行きなさい。朝食だから、これだけ用意してくれていたら、あとは給仕はいらないわ。三人ともセンスのいいものを選ぶのよ」

ジュノがメモを受け取ると、三人が一同に頭を下げて、嬉《うれ》しそうにサロンをあとにした。

アルフレードは、それをじっと見ていると、入れ替わりにレーシスが入ってきた。

その後ろには、薄い茶色の髪を束ねた若い青年と、中年の女性がついてきていた。

そういえば、しばらくレーシスの姿を見かけなかったと、ロレッタは今さらながらに気付く。

レーシスと一緒にやってきたのは、クロイツ公爵家の領地にある本邸にいるはずの若い副執事キーファと、昔からクロイツ公爵家に仕えている家政婦長メイアだった。

「奥様。お久しぶりでございます」

「あら、確かキーファだったわね。……どうしたのかしら？」

レーシスを王都のクロイツ公爵邸に連れてきていたから、キーファは今は領地の本邸を任されていたはずだった。

「レーシスに、彼らを迎えにいかせていた」

「レーシスに？」

（そういえば、エリス様が何か言っていた気もするけど……レーシスなど、どうでもいいから、忘れてましたわ）

レーシスのことなどまったく頭になかったロレッタが、気にせずにシャンパンを飲み干した。

「旦那様から、お呼び出しを受けました。遅くなりまして申し訳ございません」

キーファがそう言って、家政婦長のメイアと共にロレッタとアルフレードに頭を下げた。

アルフレードは、彼ら二人をクロイツ公爵邸に呼び寄せるために、執事であるレーシスを使いに出していた。

使いに執事を使うなど、そうない。ロレッタは少しだけ訝《いぶか》しんだ。レーシスをどうするつもりなのかと。

「ロレッタ」

「何かしら？」

「レーシスを執事から降ろして、キーファを副執事から執事に格上げする。レーシスは、執事の教育係にするが、あまり関わることはなくなるだろう」

「そう……キーファは、まだ若いものね」

レーシスは中年後期。それに比べてキーファは、まだ二十代後半に見える。その彼を使用人たちのトップに上げるという。だから、レーシスを教育係という名目で半引退させるのだ。

「家政婦長のメイアには、メイドたちをまとめてもらう。しばらくはメイド長を置かずに、メイド長も兼任してもらう」

クロイツ公爵邸は、しばらく慌ただしくなるだろう。使用人たちの入れ替えが始まるのだ。

だから、侍女教育のためにシンシアをルビアス侯爵邸へと行かせることに反対しないのだと納得した。

「よろしくお願いいたします。旦那様。奥様」

メイアは四十代ぐらいだけど、仕事に精を出しているせいか小じわもなく、若々しい。

「では、俺たちは支度が整い次第、しばらくクロイツ公爵邸を留守にする。使用人たちのことは執事であるキーファの管轄だ。リストを作っておいたから、あとは頼むぞ」

「お帰りになるまで、使用人たちのことはお任せください」

リストとは、アルフレードが使用人たちの事情聴取をもとに作ったもの。エリス寄りだった使用人たちの解雇は間違いない。そして、残りの使用人たちのことも含めてリストに記しているのだろう。

本当ならば、これはレーシスがすることだった。クロイツ公爵家当主のアルフレードが、使用人たちのリストを作ることも、自ら一人一人使用人を選ぶことなどもあり得ない。

使用人の増減や給金のことを当主に相談することはあっても、使用人の面接をしたり選んだりするのは執事の仕事。そのレーシスは、執事ではなく教育係になる。

「……真面目で善人なのも、考えものね」

「申し訳ございません。奥様」

エリスたちの凶行に気付かなかったレーシスが、深々と頭を下げる。彼は真面目で真っ直ぐだった。姑息《こそく》なこともしない。昔から可愛《かわい》がっていたエリスがそんなことをするなど予想すらしてなかったのだ。

その彼が、悪妻と呼ばれていたロレッタの見方を変えるのは、もの凄い決断だっただろう。

「いいのよ。私も、少し考え直したところがあるから……いつまでもしつこく同じことを言わないだけマシよ」

「……最後に奥様と旦那様に、シャンパンをお注ぎしてもよろしいでしょうか？」

「許そう」

「私もかまわないわ。ラズベリーを追加で頼むわね」

そう言って、レーシスが慣れた手つきでシャンパンを注いでいた。

◆◆◆

それから数日。

アルフレードは、城の王宮騎士団の執務室に来ていた。

執務机で、ロアール公爵家から受け取った秘伝の薬の書物を確認している。

間違いなくあの毒だった。素材も、城からもらったものと一致する。

ロアール公爵は、馬鹿なことをしでかした息子であるアディルを切ることができなかったのだ。

「……セオ。アディルの面会を許可する。ロアール公爵が来たら会わせてやれ」

「いいのですか？」

「かまわん。ロアール公爵の切り札だったものは、もうなにもない」

執務室には、腹心のセオドア・ヘリノウスが控えている。彼も同じ王宮騎士団の団員だ。

アディルは、ロアール公爵家が手を出せないように、アルフレードの管轄である王宮騎士団の牢に拘束している。

もちろん誰にも会わせられないように。

アルフレードの信頼の置ける人員だけで、アディルの見張りについていた。

ロアール公爵家の秘伝の原本は、クロイツ公爵家へと渡った。別に記されていようが、この毒を使おうが、その秘伝はクロイツ公爵家にも共有されている。

毒とその解毒剤がクロイツ公爵家の手の内にある限り、毒が以前のような脅威ではなくなる。もし毒を使っても、クロイツ公爵家が救うことができるなら、なんの意味もなくなるのだ。

「あと、休みをとっていた予定通り、一ヶ月の間は休暇に入ったままになるから、何かあればクロイツ公爵家へと頼む。手紙の先はこちらで」

休暇の一ヶ月はロレッタの毒殺未遂事件の犯人捜しのために取っていた。

残り十日ほどだが、それでもその間はロレッタと二人で過ごしたいとアルフレードは願っていた。

「アディル・ロアールのせいで、ロアール公爵家の威光がなくなりますし……殿下からは、王宮騎士団の総団長にと声が上がっていますよ」

「……今は無理だ」

ロアール公爵家は、警騎士団のトップを何度も歴任している。アディル・ロアールもそうなるはずだった。

そして、クロイツ公爵家は王族の側近を務めることが多く、外交も学ばされていた。

そのために父親と他国へと行っており、側近を務めるためには王宮騎士団への在籍が必須だった。

クロイツ公爵家は、代々王宮騎士団との関係が深いのだ。

しかし、今はロレッタのそばにいないと、彼女が何を考えているかわからない。それどころか何をするかわからない。……不安しかない。

「では、あとは頼む」

「ハッ！」

セオドアにあとの仕事を任せてクロイツ公爵家へと急ぎ帰ると、新しい執事のキーファが気まずそうに出迎えた。

「おかえりなさいませ。旦那様」

出迎えたキーファが、マントを受け取りながら言う。

「今、帰った。ロレッタはどこにいる？」

「それがですね……奥様は、お出かけになりました」

「は？　……どこにだ？　また、街にか？」

「トランクをたくさん馬車に積んで、『みな様ごきげんよう』と言って、笑顔でどこかに行かれました」

どうしましょう？　と言いたげなキーファの発言に、アルフレードは目を見開き固まってしまう。

キッと眉をつり上げて、急いでロレッタの部屋へと階段を駆け上がった。扉を感情のままに開けると、部屋はすでにもぬけの殻だった。

「ロレッタは!!」

「ですから……どこかへ行ってしまわれまして……置手紙は預かっておりますが……」

（トランクをたくさん積んで……それは、この家から出ていったということではないのか⁉）

沸々と怒りが湧く。

キーファがおそるおそる出した手紙を読むと、額に青筋が立った。

「旦那様……？」

「あ、あの女――！」

（犯人を見つけたら、離縁をしないんじゃなかったのか⁉　もれなく全員見つけたんだぞ。事件だって解決した。なのに、なぜ一人で勝手にいなくなるんだ‼　少しくらい待てないのか！）

「旦那様、大丈夫でしょうか？　そして、どうしましょうか？」

「すぐに出かける！　荷物を準備してくれ」

「旅行用ですか？」

「しばらく帰ってこんぞ‼」

「かしこまりました」

苦笑いを抑えてキーファが返事をする。

急いで荷物を詰めさせて、馬車を準備しているが……キーファも急いで呼ばれた御者も行き先がわからなくて、困惑中だった。

「旦那様……どちらに行きましょうか？　奥様の居場所がわからなくて……すみません」

御者が、申し訳なさそうに言う。

「ロレッタの居場所はわかっている。馬車はいい。馬に荷物を積んでくれ」

（絶対にあの別荘だ！）

その間に、御者が今度は馬を用意し始めた。キーファに、「必要最低限の荷物でいい」と言うと、馬に最低限の荷物だけを載せていた。

「では、行ってくる」

「はい。クロイツ公爵邸のことはお任せください」

「ああ、頼んだぞ」

何のためにロレッタに想いを伝えたのか。彼女には、まったく通じてない気がする。

それでも、アルフレードは急いで馬を走らせていた。

◆◆◆

郊外にあるテルディノス伯爵の領地。その街の外れに建っている三階建ての別荘。

一階はレンガ調の壁、二階は白地の壁というお洒落《しゃれ》でシンプルなデザインの様式。一番の特徴は、一階から二階に続くベイウィンドウにオーニング窓までついていることだろう。

（優雅ですわ。一人でこの別荘を独り占めなんて素晴らしいですわ）

風通しのいいテラスに白いテーブル。そこで、日傘を差してロレッタはぼんやりと歩いていた。

アルフレードは、ロレッタと犯人を見つけると約束した。彼は一ヶ月と経たずに解決してしまった。そのうえ、ロレッタはエリスに毒を飲ませようとして、アルフレードと一つの約束をした。

その約束は、アルフレードが犯人捜しのために取った休暇の残りの期間を毎日ずっと一緒に過ごすこと。

新婚旅行のように二人で過ごしたいらしい。

仕事も一ヶ月休みを取っていたアルフレードは、準備万全だった。

そして、レーシスはキーファたちだけでなく、シャムロック男爵も連れてきていた。あのあとに、アルフレードはシャムロック男爵に話をつけていた。

アルフレードの父親が結婚を望んだができないことで、シャムロック男爵家に慰謝料代わりに王都の邸を与えるつもりだったけど、それを渡すことはもうない。

シャムロック男爵家は、クロイツ公爵家、ロアール公爵家のどちらの庇護《ひご》下にも入らないだろう。

ロアール公爵家は、アディルのせいで派閥の勢力が弱まり、おそらくクロイツ公爵家よりも下になる。

同じぐらいの公爵家の格だったバランスが崩れるのだ。もしかしたら、アディルはクロイツ公爵家を自分の下に置きたかったのかもしれない。

しかしそのアディルは、牢に入れられた。

（私を、ロアール公爵家の権力を使って牢にぶち込んだのですから、当然ですわ。この私が、牢を出るのにアディルやロアール公爵家を頼るわけがありませんわ。一晩牢体験をして、自分で出ようと思っていたのにアルフレード様がすぐに迎えにきたのには驚きましたけど……）

毒を盛ったエリスには毒を。

（結局臆病風に吹かれたエリス様は飲まなかったが……）

ロレッタを牢屋《ろうや》にぶち込んだアディルは、逆に牢屋《ろうや》にぶち込んでやった。

「ふふふ……」

やられたことを、しっかりとやり返したロレッタは、どこか満足げだった。

そして、ロレッタはアルフレードが不在のうちにクロイツ公爵邸を出てきた。

半日以上かけて、父親のルビアス侯爵からいただいた郊外にあるテルディノス伯爵領地の別荘に、一人で来ているのだった。

一人で出てきた理由は簡単。まだロアール公爵家から薬を受け取ってないからだ。

別荘を見上げれば、三階建ての小さなもの。でも、カントリーハウスぐらいならこれで充分。別荘の中も掃除はいきわたっており、管理人がきちんと整えてくれていた。別荘にも、ロレッタは満足だった。

「アルフレード様は、ここに気付くかしら？」

くすくすっと笑いが漏れる。

置手紙に、『約束を果たすのは、ロアール公爵家から秘伝の薬を受け取ってからですわ』とだけ書いた手紙を残してきたのだ。

アルフレードに意地悪をしている。

（雲隠れする私を見つけられるといい。私を捜し出せたのは彼だけなの……）

アルフレードが、どんな様子でロレッタを捜してくれるのかと思うと笑みが止まらない。

そうして、テラス席のある部屋の大窓から、別荘へと入っていく。大窓を開けたままそよ風を感じながら、柔らかいソファーにもたれた。

深夜。

別荘の周りは緑で溢れている。そのせいか、梟《ふくろう》がホウーホウーと鳴いていた。

いつのまにか眠っていたロレッタの頬を優しい手が撫《な》でている。それに、ふっ……と目が覚めると、そこにはアルフレードがいた。

夜になり、暗い部屋でもテラスに続く大窓を開けていたせいか、月明かりでアルフレードの眉根に寄ったシワまでもが見えている。

「…見つかりましたね」

「一緒に過ごす約束だっただろう。勝手に出ていかないでくれ」

「でも、まだロアール公爵家から、秘伝の薬を受け取っていませんわ。約束はそれからですわね。置手紙にもそう書きましたわ」

「それも、問題ない。ロアール公爵家から、すべての秘伝の薬を受け取ってきた。原本をすべて引き上げてきたから、ロアール公爵家の秘伝はすべてクロイツ公爵家のものだ」

「まぁ……やりましたわね!!」

(勝利の戦利品ゲットですわ!!)

権力を有していたロアール公爵家が、クロイツ公爵家の下に甘んじるのだ。そして、あの薬。あれは、かなりの貴重なもの。それが、クロイツ公爵家のものとなった。

そう思うと、怪しい笑みが零《こぼ》れる。

「毒に関することは俺が持っているが、解毒剤のことはロレッタにやろう」

アルフレードがロレッタに差し出したのは、古い書物だった。

ソファーのそばのランプに明かりを灯して、ロレッタは書物を受け取った。

明かりを頼りに薄暗い部屋の中で書物を開いて確認すると、細かいことは調べないとわからないが、薬の調合のことなどが書かれている。

「これが、あの解毒剤の作り方……でも、私が欲しいのは毒の作り方なのですけど？」

「毒は絶対に渡さない！」

呆《あき》れ交じりで、力いっぱい言うアルフレード。どうやら、二度も毒を飲んだロレッタには、なんとしても渡したくないらしい。

「……今夜からずっと一緒に過ごしてくれるか？　離縁も考え直してほしい」

「ええ。離縁は撤回ですわね……残りの期間も、約束通り一緒に過ごしますわ。でも、私はここでスローライフをしたいから、何もすることはありませんわよ」

「結婚式をしたい。もう一度、やり直しをさせてほしい」

その言葉に、ロレッタの息が止まる。ソファーに座っていたロレッタの前にアルフレードは、初めて求婚するように跪《ひざまず》いていた。

「……でも、ウェディングドレスなど持ってきていませんわ」

「準備はできている。教会もクロイツ公爵家が押さえればいい。権力をこんな風に使うのもいいだろう？　それと……」

ツンとするロレッタを見て、アルフレードが懐から一つの箱を出した。真っ赤なルージュのようなリボンがかけられており、彼はロレッタへの贈り物だと言ってしなやかな彼女の手にのせた。

開けられた箱には、ロレッタが気に入って見ていた真っ赤な赤水晶の夫婦石が、ピアスとブレスレットに加工されて入っていた。

「欲しがっていただろ。急いで作らせた。原石はまだあるから、他に欲しければ……」

あの時アルフレードが自分と一緒に宝石店に行ったのは、ロレッタのことを知ろうとしていたからだった。それが、今になってわかる。胸がじんとするほどに……

「いいえ。これが気に入りましたわ。それに、ピアスの一つはアルフレード様に差し上げますわ」

「……いいのか？」

「もちろんですわ。夫婦石ですものね」

「不吉だと言ったのに？」

「不吉なものなど、私に屈しますわ。ふふふ」

ピアスをお互いに慣れない手つきでつけた。鏡が目の前になくて似合っているかどうかも確認できないけど……

「気に入りましたわ。アルフレード様……ご褒美をあげますわね」

ロレッタは、にこりとしてアルフレードの顎に指を立てて顔を近付けた。

「……ご褒美はロレッタか？」

「ええ。私が欲しかったのでしょう？」

「なら、ご褒美は別のものにしてくれ」

近づいていた唇が、思わず止まる。

「……私ではご不満なのね？」

やっぱり、ロレッタではダメなのだという言葉が脳裏をよぎる。でも、アルフレードがそれを否定した。

「そうじゃない。なんというか……うまくは言えないが、ロレッタはトロフィーワイフではない。ご褒美で結婚したわけでも、それで初夜をしたいわけでも……」

他の男たちは、ロレッタを見栄えのいい令嬢、自慢できる令嬢だと思っていた。

ロレッタが美人であることは間違いない。自分でも、そう思っていた。それに不満があったわけでもなかった。

嫌ならロレッタから別れればいいだけ……でも、アルフレードだけは違う。

ロレッタは、口角が怪しく上がるほど胸を打たれた気分になる。でも、ランプの明かりのみの薄暗い部屋では、目の下が少し紅潮していても気付かれない。それにホッとした。

「ロレッタのことは、ずっと好きだったと言ったはずだ。だから、夫婦でいたい……損得が必要な時もあるだろうが……」

「私は、悪女と呼ばれる女ですよ？」

「悪女でも、なんでもいい。気にしない。だが、他の男に触れてほしくない。これでも、嫉妬しているんだ」

アルフレードが嫉妬していたのだろうとは、気付いていた。いつも冷酷な表情だから、毒殺未遂事件が起きてから、一緒に過ごすまでは気付かなかったけど……

「ずっと一緒にいてほしい」

ロレッタの手を掬《すく》うように取ったアルフレードが、そっと彼女の手に口づけをする。

「どうか、このアルフレード・クロイツと結婚してくれ」

アルフレードが、ずっと言いたかった求婚の言葉。ロレッタをお飾りの妻として見ない。彼は、それほどプライドが高いのだ。すれ違いが起きるほどに……

「……あなたは、真面目ですわね。私に触れたいと思わないなんて……一生このままのつもりですの？」

意地悪を込めて、ロレッタが言った。

「そうは言ってない。夫婦だから、ご褒美にしなくても問題ない」

「……では、ご褒美はピクニックにでもしましょうか？　私がサンドイッチを作って差し上げますわ」

「味見はしてくれ……」

「お断りですわ」

俯《うつむ》き加減で言うアルフレードに、にこりと笑顔で返す。

すると、アルフレードに腕を引き寄せられた。

ソファーにどさりと倒れると、アルフレードがロレッタの上にいる。

「……では、ご褒美にならないように私を口説いてくださいな」

「そうする。それと返事をくれ」

「……これが私の返事ですわ」

そう言って、ロレッタがアルフレードに口づけをする。……少し離れれば、今度はアルフレードが口づけをしながら抱き寄せてくる。

そのまま、大事なものを包むようにアルフレードに抱擁される。それが、不思議と心地良く感じられた。


翌日には、アルフレードが本当に教会を押さえていた。

ロレッタとの二度目の結婚式のために、寄付という名目でずいぶんとお金を積んだのだろう。

結婚式は初めての時と違い、小さな教会だった。参列者もいない寂しいもの。でも、ロレッタには十分だった。

アルフレードが持ってきたウェディングドレスは、初めての結婚式と同じマーメイドラインの純白のドレス。スタイルのいいロレッタが着ると、誰が見ても感嘆のため息が出るほど美しかった。

着替えを済ませて部屋を出ると、白いタキシード姿でアルフレードが待っている。

ロレッタのウェディングドレス姿を見て、いつもにこりとしない彼が息をのんだ。

どうかしら？　と聞くまでもなくロレッタにはわかる。初めての時と少しだけ雰囲気が違うからだ。

アルフレードが差し出した手にロレッタが手を添えて、二人で静かに教会へと行く馬車へと乗り込んで出発した。

二人だけの結婚式はあの時と違う。にやけることのないアルフレードは、いつも通りのクールな表情。でも、彼の気持ちを知ってしまった。

馬車の中で隣に座っているアルフレードを見れば、彼と視線が交わる。ロレッタを射抜くような黒色の瞳は、ロレッタを愛おしんでいた。

「アルフレード様。私のファーストキスはあなたでしてよ」

「そうなのか……それは、嬉《うれ》しいな……でも、もう少しツンは抑えてくれ」

「それは、あなた次第ですわね」

「努力する。今夜も必ず行くから……」

アルフレードを拒否したロレッタ。でも、彼が来ることを期待してずっと待っていたロレッタ。その初夜もやり直してくれるのだという。

そして、彼と手を握り合い、二度目の結婚の誓いをした。

後日談　二人のその後

こなかった初夜をやり直すはずだった朝には、二人で気だるげに目を覚ました。

一晩中ロレッタは、アルフレードの腕に包まれたままで寝ていた。今も隣には、アルフレードの引き締まった身体《からだ》が転がっている。

「……珍しいですわね。こんな時間まで寝ているのは……」

ローズレッドの髪をかき上げながら起き上がり、アルフレードを見た。すると、彼もゆっくりと目を覚ます。

毒殺未遂事件が起こってから、アルフレードはロレッタの寝室にやってきていたけど、いつもロレッタが起きる頃にはいなくなっていることが多かった。

だから、一緒に起床するということはなかった。新鮮だ。

「この一ヶ月は休みを取っている……それに、先に起きたらロレッタがいなくなってしまいそうだからな」

幾度も勝手にいなくなるロレッタに、アルフレードは頭を悩ませていたらしい。愛おしそうにロレッタの指を掬《すく》い触れるアルフレードに、ロレッタは図らずも動悸がした。

ロレッタが、一ヶ月で犯人を見つけてくださいと言ったから、その間は休みを取っているというが、残りはあと数日ほどになっていた。

アルフレードは甘い新婚生活を期待していたのかもしれないが、ロレッタを睨《にら》む彼は少なからず不機嫌だ。

「なんですの？　その目は。アルフレード様がご褒美は別のもので……と言ったのですよ？」

「ご褒美は別とは言ったが、何か違う！」

起き上がった身体《からだ》を勢いよくうつ伏せに倒した。枕に顔を埋めたアルフレードが力いっぱい言う。

ご褒美は別と言ったから、初夜をいまだに済ませていなかった。昨夜、「では、初夜はまた今度ですわね」と言ってさっさとロレッタは寝た。

正確には寝たふり。でも、そのまま寝てしまったから、アルフレードは手が出せなかった。

どこまでも、彼は真面目なのだ

「朝食を準備して差し上げますから、早く起きてくださいな。食べたら、買い物に行きませんこと？」

「かまわないが……」

うつ伏せになっているアルフレードの頭に軽くキスをすると、気だるげに起き上がってきてロレッタを抱き寄せた。

それから、二日、三日と、別荘では二人だけで過ごしていた。

料理人もいない。だから、自分たちで買い物をして料理をしている。

しかし、ロレッタは不器用だった。初日の朝から目玉焼きも焦がしてしまったし、形も崩れていた。ナイフの命中率は間違いないのに……それでも、アルフレードは無言で食べていた。

そして、今朝も朝食を準備している。目玉焼きを焼こうとして、何度崩したことか……

ロレッタの横でそれを見ていたアルフレードが今朝も我慢できずに交代し、崩れた卵を混ぜて目玉焼きからスクランブルエッグに変更した。

「……ロレッタ。使用人を呼ぶぞ」

「嫌ですわ。私は、スローライフを送るためにここに来たのですわよ？」

「毎朝、これでは困るだろう！　目玉焼きはいつ食べるつもりなんだ⁉」

目玉焼きを焼こうと思っているのに失敗して、アルフレードが崩れた卵でスクランブルエッグを作るのは毎朝のことだった。

「細かいですわねぇ。気にしなければいいのですわ」

「気にしなくても、目玉焼きはこの別荘に来てから一度も見たことはない！」

アルフレードがフライパン片手に力を込めて言う。そして、お皿に綺麗に盛りつけた。

「サンドイッチにするから、綺麗に盛りつけなくてもいいのですわよ？」

「それを、早く言ってくれ……」

街で買ってきた瓶詰めのソースをパンに塗り、ハムやアルフレードが作った大量のスクランブルエッグを挟む。スクランブルエッグが大量なのは、ロレッタが次々と卵を割ってしまい、使わざるを得なかったからだった。

「今度はローストビーフも作ろうかしら？　サンドイッチにすれば美味《おい》しいかもしれませんわ」

「それは、誰が作るんだよ……作り方なんか知らないぞ」

「お料理なら、私がしますのに……」

「この別荘に来てから、卵は俺が焼いているんだよ……！」

頭を悩ませながらアルフレードが言う隣で、ロレッタがスクランブルエッグをパンに挟んでいった。

スクランブルエッグを焼き終えると、アルフレードは馬を準備してくると言って、厩舎《きゅうしゃ》へと行ってしまった。

その間にロレッタはパンに野菜も挟み、デザートにはやはり果物が欲しいと思いながら、サンドイッチをバスケットに詰めた。

朝からピクニックできるなんて、贅沢な気がしてきた。

（これぞスローライフですわ）

なんだか楽しくなってきた。

ピクニックの準備はできた。軽い足取りで玄関に行くと、アルフレードが馬を引いて待っていた。さりげなくロレッタの持っていたバスケットを取ると、それを馬にくくりつける。

「ロレッタ。こちらへ」

私も馬に乗ってくれればよかったかしら？　と思いながら彼の手を取ると、馬に乗せてもらう。そして、出発した。

ピクニック日和の天気。ロレッタたちは、別荘近くの湖まで来ていた。柔らかな風が吹く湖のそばの芝生の上で、敷物を広げて座り込む。

アルフレードにサンドイッチを差し出すと、自分で作ったスクランブルエッグ入りのそれを複雑そうな表情で受け取ってくれる。それでも、どこか穏やかな雰囲気で、食べ始めた。

「午後から俺は出かけるが……別荘で大人しくしてろよ？　晩餐には戻ってくる」

「私も出かけるつもりですわ。今夜の食材を買わないと……魚が食べたくなりましたの」

「食材はあるし、今夜はレストランを予約する。どこにも出かけるなよ」

「魚はどうしますの？」

「魚など料理できないだろう……」

「焼くか煮るか、ですのよ。簡単ですわ。刃物の扱いにも、自信がありますの」

絶対に無理だとアルフレードが悟る。謎の自信があるのは、理解不能なロレッタだけ。

「今夜は魚料理を予約する。絶対に買わなくていい」

食材を購入することをどうにかして止めたいアルフレードが、声音を強調して言う。

ロレッタが魚を思い浮かべながらサンドイッチをかじる。アルフレードの焼いたスクランブルエッグはなかなか美味《おい》しい。悔しいが、自分よりは器用な気がする。スクランブルエッグは、ほどよく柔らかくてロレッタの好みに合っていた。

サンドイッチを食べ終わると、アルフレードがレモネードをもう一杯おかわりした。

「レモネードも、美味《おい》しいな……」

「切ってつけておくだけですからね。切るのは得意ですわ」

それは、あのナイフを使っているせいではないだろうかとアルフレードは思う。

「ディルクはいい先生だったのか？」

「そうですわね。昔からお父様に仕えていますから……でも、ロアール公爵家の秘伝は隠しておいた方が懸命ですわよ。元々アディルを私に引き合わせたのはお父様ですわ」

アディルと早々に別れても引き留めることはなかったが、何の理由もなくあの腹黒い父親がロアール公爵家の子息を紹介するはずがなかった。

「だから、ロレッタと二人で分けた。あれは、外には出せない」

「お父様を頼らなかったのは、そういうことですの？」

「元々頼るつもりはなかった。薬も渡す気はない。悪いがこれでも公爵だ。ルビアス侯爵に弱みも見せられない」

（だから、お父様はアルフレード様を気に入っていたのだろうか？）

そんな気がする。ルビアス侯爵は、アルフレードを認めていたのだ。

「食べたら休むか？　それとも、少し歩くか？」

「歩きたくないですけど……枕を持ってくれば良かったですわ」

「疲れているなら休め。枕ぐらいにはなってやる」

「アルフレード様はどうしますの？」

「のんびりするだけで、十分な休暇だ。それに、このレモネードをもう少し飲みたい」

レモネードは、お気に入りらしい。胡坐《あぐら》をかいたまま、アルフレードはそっぽを向いた。

暗に膝枕をしてやろうというのが、意外と恥ずかしかったのかもしれない。

その彼に、気付かれないようにロレッタは彼の膝に頭を乗せた。彼の肘が膝から浮き、驚いているのがわかる。

「レモンをたくさん買ってきますわ。それで、また作りますわね」

「それは……嬉《うれ》しいな」

アルフレードの膝を枕にして頭を乗せているロレッタを、彼が優しく撫《な》でている。

髪に触れられるのも、嫌ではない。

そんな雰囲気が、昔あの図書館でアルフレードがロレッタに勉強を教え、頭を撫《な》でていてくれたことを思い出させていた。

晩餐は、アルフレードが二人でとるためにレストランを予約していた。

ゆっくりと美味《おい》しい料理を食べたかったのだろう。ロレッタは自分でわかるほど料理が下手くそだった。

レストランへ行くために、ロレッタはドレスの支度をした。真っ赤なマーメイドラインのドレスはスタイルのいいロレッタに相変わらずよく似合っていた。

別荘の玄関先で待ち合わせたアルフレードが、ロレッタの妖艶な姿を見て息をのんだ。そして、ロレッタの露出の高さに怪訝《けげん》な顔をした。

「……背中が開きすぎではないか？」

「でも、似合うんですのよ？」

「確かに似合うが……」

背中が見えるほど開いたドレスに薄いショールをかけている。

確かに似合いすぎるほど、ロレッタのドレスは派手というかなんというか色気がある。

（……次は違うタイプのドレスを買うべきなのかしら？）

そうは思っても、自分に可愛《かわい》いものなど似合わないとわかっていた。

そして、誰が見ても美丈夫で背も高く引き締まった身体《からだ》つきのアルフレードのタキシード姿も見目麗しい。二人で並べば、誰もがうっとりとする。

「では、行こうか。馬車も呼んでいる」

アルフレードのエスコートで馬車に乗ると、隣同士に座った。

夫婦らしく寄り添って食事に出かけることが、くすぐったい。そもそも、毒殺未遂事件が起きてから、初めてのことばかりだ。

一番変わったことは、寡黙で暗いアルフレードと破天荒でマイペースなロレッタが、お互いに会話ができるようになったことだろう。

今も、アルフレードが話しかけてきている。

「……今度は、オペラなどはどうだ？　豪華客船でのオペラが人気らしいぞ」

「いいですわね。船旅も趣きがありますわ」

「では、新婚旅行はそちらにするか？　何ヶ月後かになるが……」

「かまいませんわよ。毒殺未遂事件も解決されましたし……約束は守りますわ」

犯人を見つけたら、離縁はとどまると約束を交わした。アルフレードは、その約束通りに犯人を見つけてくれた。そして、シンシアも助けてくれた。

彼女を助けるために、犯人の一人のシンシアを見つけられれば、アルフレードと敵対することもロレッタは覚悟していた。それなのに、彼は、どこまでもロレッタの味方だったのだ。

「……アルフレード様。エリス様はもういいのですの？　昔から、よくご一緒に街に出ていたのではないですの？」

「……よく知っているな」

「昔、街で見たことがありましたわ」

今さら思い出したのかと言いたげに、呆《あき》れ顔を一瞬見せたアルフレード。だが、エリスを思い出すと、ため息を吐《つ》き告げる。

「エリスは……昔からああだった。昔は、まだ子供だからだろうと思っていたが、エリスは変わらなかった。そのせいか、エリスを一度も意識したことはない。俺への恋愛感情がなければ妹のように可愛《かわい》がったかもしれんが……」

昔から、純真無垢な笑顔の気さくな彼女は、誰からも好かれやすかったのだろう。でも、その下にはロレッタへの嫌悪感を滲《にじ》ませたあざとい顔があった。

……アルフレードに近づくロレッタへの敵対心で溢れていたのだ。その嫉妬心を焚きつけたのがアディルだった。

「……エリスが気になるか？　慰謝料代わりに渡すつもりだった王都の邸の話もなくなったが……シャムロック男爵家の領地は半分以上がクロイツ公爵家のものになるから、シャムロック男爵家との関わりはしばらくあるかもしれんが……」

シャムロック男爵家はロレッタやクロイツ公爵家への慰謝料にする資産が足りずに、領地の半分以上をクロイツ公爵家に引き渡すことになった。その手続きにしばらくかかるらしい。

すでに、領地の一部の譲渡は認められ手続きが開始されていると、別荘へ届けられた書簡にしるされていたという。

「……そう。柄にもないことを聞きましたわね」

ロレッタが誰かに嫉妬するなどなかった。それくらい、アルフレードのそばにいたエリスを気にしていたのだ。でも、もう会うことはない。

「いや……たまには、そう話してくれると嬉《うれ》しい」

「でも、もう私はエリス様など気にもしてませんわよ？」

あの女は毒を飲まなかった。ロレッタに負けたのだ。

ロレッタが気に留める必要はなくなった。

そう思っていると、アルフレードが添えていた彼女の手を握りそっと唇を這《は》わした。

「今も昔も好きなのはロレッタだけだ」

突然の告白に言葉が出ずに、ロレッタの頬が紅潮した。それに気付いたアルフレードが、少しだけ笑みを零した。

◆◆◆

別荘に来てから数日が経っていた。ゆっくり起床して、いまだに美味《おい》しい卵料理ができないロレッタが料理に飽き始めていた頃——

アルフレードと一階に下りると、ちょうど来訪者がやってきた。

彼が玄関の扉を開けると、そこには下僕《フットマン》のジュノとマークに料理人のティーノ、そしてメイドが一人立っていた。

「ああ、来たな」

「アルフレード様のお客様ですの？」

やってきた使用人たちが扉で見えず、ロレッタも顔も出した。使用人たちは、彼女の姿を見るなり挨拶をしてきた。しかし、ロレッタの眉間にシワが寄る。

「アルフレード様がお呼びになりましたの？」

どうやら、アルフレードが先日外出したのは、使用人を呼び寄せる手紙を出すために郵便屋へと行ったらしかった。

「ロレッタ……君に自炊は無理だ」

「なんですの？　藪《やぶ》から棒に」

声に力を込めて言うアルフレードに、一体何を言ってますの？　と思う。

「お料理なら、私がしますのに」

「毎日卵を焼いているのは俺だ！」

「いいではありませんの。何が不満なのですの？」

「俺は、卵を焼きにきたんじゃないんだよ……」

アルフレードが頭を抱えて言う。

彼の目的は、ロレッタと過ごすこと。結婚式をやり直して、二人だけの初夜を始めることだった。でも、いまだに初夜はできないでいた。

できているのは、卵を焼くこと。それも毎日しているせいか、たった数日なのに、スクランブルエッグを作る腕だけが上がる。

二人で過ごすことにはなんとも言えない満足感はあったが、アルフレードは毎日の料理に困っていた。

「とにかく、今日から頼む。卵は大量にあるから、しばらく朝は卵だ」

「「「はい！」」」

文句も言わずに料理を食べていたアルフレードに、ちょっとだけムスッとしてしまう。

でも……

「まぁ、ジュノもマークも素敵なスーツですこと」

「奥様のおかげです」

マークが照れながらも言う。ジュノも照れたままで頷《うなず》く。ロレッタが、ご褒美にと贈ったスーツは、背の高い彼らにぴったりだ。

シンシアは、ルビアス侯爵邸で修業中のために来ていないが、二人を見れば彼女も素敵なお洋服を持っているだろうとロレッタは思い浮かべた。

「では、旦那様。すぐに仕事に取りかかります」

「ああ、頼む」

ジュノがそう言うと、すぐに使用人たちは動き出していた。

「私のスローライフが……」

落ち込んではいないが、ロレッタが残念と言わんばかりにぽつりと言うと、アルフレードの顔が近づいてくる。

「……今度、またレモネードを作ってくれ」

「……お気に入りですの？」

「気に入っている」

「仕方ありませんわね……でも、ご褒美もくださいね」

「喜んでもらえるように努力する」

そう言って、アルフレードに腰に手を回されて歩き始めた。

テラスに着くと、アルフレードが優しく椅子に座らせてくれる。見上げれば、彼の切れ長の眼と視線が交わった。彼が手にかけている椅子の背もたれがギシリと音を立てる。

アルフレードが腰を屈めれば、甘くて、愛おしそうな唇が頬に触れた。

そうして、二人だけで朝食が運ばれてくるのを待っていた。

新＊感＊覚ファンタジー！

Regina レジーナブックス

お礼と溺愛が雨あられ!?

金貨一枚貸したら辺境伯様に捕まりました!?

屋《や》月《づき》トム伽《か》

イラスト：縹ヨツバ

毎日、周りから仕事を押し付けられている孤児院出身の聖女ミュスカ。ある大雨の日、びしょ濡れの男性に出会った彼女は全財産である金貨一枚を貸してあげた。数日後、教会にやってきた彼はなんと辺境伯のレスターで、ミュスカを領地まで連れて帰る。聖女に仕事を頼みたいだけだと思ったのに、なぜか結婚を申し込まれてしまって……⁉　不憫な聖女の逆転シンデレラストーリー開幕‼

詳しくは公式サイトにてご確認ください。

https://www.regina-books.com/

携帯サイトはこちらから！

この作品に対する皆様のご意見・ご感想をお待ちしております。
おハガキ・お手紙は以下の宛先にお送りください。

【宛先】
〒 150-6019 東京都渋谷区恵比寿 4-20-3 恵比寿ｶﾞｰﾃﾞﾝﾌﾟﾚｲｽﾀﾜｰ 19F
（株）アルファポリス　書籍感想係

メールフォームでのご意見・ご感想は右のＱＲコードから、
あるいは以下のワードで検索をかけてください。

アルファポリス　書籍の感想　検索

ご感想はこちらから

本書は、「アルファポリス」（https://www.alphapolis.co.jp/）に掲載されていたものを、
改題、改稿、加筆のうえ、書籍化したものです。

悪妻《あくさい》なので離縁《りえん》を所望《しょもう》したけど、
旦那様《だんなさま》が離《はな》してくれません。

屋月トム伽（やづき とむか）

2024年 6月 5日初版発行

編集－徳井文香・森 順子
編集長－倉持真理
発行者－梶本雄介
発行所－株式会社アルファポリス
〒150-6019 東京都渋谷区恵比寿4-20-3 恵比寿ｶﾞｰﾃﾞﾝﾌﾟﾚｲｽﾀﾜｰ19F
TEL 03-6277-1601（営業） 03-6277-1602（編集）
URL https://www.alphapolis.co.jp/
発売元－株式会社星雲社（共同出版社・流通責任出版社）
〒112-0005 東京都文京区水道1-3-30
TEL 03-3868-3275
装丁・本文イラスト－晴
装丁デザイン－AFTERGLOW
（レーベルフォーマットデザイン―ansyyqdesign）
印刷－中央精版印刷株式会社

価格はカバーに表示されてあります。
落丁乱丁の場合はアルファポリスまでご連絡ください。
送料は小社負担でお取り替えします。

ISBN978-4-434-33940-0 C0093